文春文庫

かくれんぼ

御宿かわせみ19

平岩弓枝

文藝春秋

目次

かくれんぼ

マンドラゴラ奇聞《きぶん》

一

　あと七日で端午《たんご》の節句という日に、神林東吾《かみばやしとうご》はるいと二人で八丁堀の畝源三郎《うねげんざぶろう》の屋敷へ行った。

　源三郎の一人息子、源太郎《げんたろう》に節句の祝物を届けたいとるいがいったからだったが、ちょうど、五月人形の飾りつけが出来ていて、庭には鯉の吹き流しや、鍾馗《しょうき》の絵幟《えのぼり》などが風にはためいている。

　源太郎は素読《そどく》の稽古から帰って来たところで、毎度のことだが、東吾にとびつかんばかりに喜んだ。

　実をいうと、鯉のぼりをたてるために、東吾は五日ばかり前にも、ここへ来ている。

　なにしろ、父親の源三郎は定廻《じょうまわ》りの旦那で、あけても暮れても、江戸の町を歩き廻っていて、帰宅するのは、いつでも源太郎がねむくなる時刻だから、彼をあてにしていると、まず、鯉のぼりは上げられない。

そのあたりを承知している東吾は、こういった時、必ずやって来ては、父親代りをつとめていた。

で、やむを得ないことだが、源太郎は実の父親よりも、東吾に対して子供らしい甘えをみせる。

実際、縁側に並んで腰をかけ、柏餅を食べながら、東吾に論語をそらんじてみせている源太郎は如何にも得意そうで、それを聞き、時折、つっかえそうになるのを補ってやっている東吾は、どうみても子煩悩な親父様であった。

「ここの家も、ぼつぼつ、源太郎の下が欲しいところだな。本所の宗太郎《そうたろう》のところは、今度こそ男の子だと屋敷中が張り切っていたよ」

るいが見立てた源太郎の紋付を、まあ、なんといい色に染め上ってと眺めているお千《ち》絵《え》に、東吾がいい、

「いいえ、うちはもうようございます。なにしろ、腕白が二人いるようなものでございますもの」

と、お千絵が応じた。

「驚いたな、源さんは、まだお千絵さんの手がかかるのか」

「宅へ戻りますと、縦のものを横にも致しませんの」

「それは、おたがいさま」

るいが笑った。

「類は友を呼ぶとか申しますのでしょう。うちの旦那様も、よそでは随分とまめまめしいようにみえますでしょうけれど、我が家では相変らずの駄々っ子で……」

「本当に、まめでいらっしゃるのは、麻生《あそう》家の宗太郎様ぐらいのものですのね」

女二人は屈託のない笑い声を上げ、東吾がむくれた。

「なにをいってやがる」

ひとしきり畝家が賑やかになったところで、東吾は久しぶりに兄の屋敷へ寄ることにし、るいは大川端へ帰った。

「かわせみ」は帳場のところに客がいた。

行商人風体で、かなり大きな風呂敷包を持っている。

るいの姿をみて、客と話していた嘉助《かすけ》が、さりげなく立って来た。

「お帰りなさいまし」

といってから、小さく、

「神奈川のほうから参ったお客なのでございますが、今からですと帰って帰れない時刻ではないが、この節、ぶっそうなのでひと晩、泊めてもらえないかと申しまして……」

ということは、今朝早くむこうを出て来て、江戸で用事をすませ、日帰りをしようかと考えていたが、夜旅になるのを避けて一泊したいというものだと、るいは判断した。

「空いている部屋はあるのでしょう」

「それは、ございますが……」

「では、適当に……」

ちょうどお吉《きち》が、

「みて下さいまし。さっき、長助《ちょうすけ》親分が筍《たけのこ》を届けてくれましてね」

といいに来たので、るいはそのまま台所へ行った。

そのあとで、嘉助がちょっとためらってから、結局、女中に声をかけて、客を梅の間へ案内させたのは、なんとなく、長年の経験でひっかかるものを、その客に感じたからであった。

が、このところ、「かわせみ」も客の数が落ちていた。

世の中が不穏になって来て、たいした用事もないのに江戸見物にやって来るような客はなくなったし、不景気風がだんだん強くなって、商用の人々の足が重くなったせいでもある。

嘉助が持参した宿帳に、梅の間の客は、
神奈川在、横浜屋弥助
と、かなり達筆で書いた。

「失礼でございますが、横浜屋さんとおっしゃいますと、異人館のほうで御商売をなすっていらっしゃるので……」

嘉助が訊《き》いてみたのは、この節、神奈川の横浜に、お上が長崎や箱館と同じく港を開いて、そこに外国からの船が入り、生糸などの取引が盛んに行われているという評判を耳にしていたからであったが、客はそれに対して曖昧な返事しかしなかった。

うさん臭いというほどでもなかったが、嘉助は要心して、その夜は何度となく客間の廊下を見廻ったが、別になんということもなく、翌朝、横浜屋弥助は朝飯をすませると勘定をして「かわせみ」を出立して行った。

そして二日、麻生宗太郎がいつもより、せかせかした様子で「かわせみ」へやって来た。

「まさかとは思うのですが、ここ数日の中《うち》、横浜から来たという男を泊めてはいませんか。中肉中背で肩幅が広く、顔はやや浅黒かったといいますが……」

折よく東吾も帰って来ていて、早速、嘉助が宿帳を持って来た。

「ひょっとすると、このお方ではございませんか」

嘉助が開いてみせたのは、横浜屋弥助のところで、

「このお方でございましたら、一昨日、二十八日の夕方におみえになりまして、ひと晩、お宿をして居ります」

と答えた。

「その男は、大きな荷物、わたしがきいたところでは葛籠《つづら》だったらしいが、紺色の風呂敷に包んだのを持っていたと思うが……」

「おっしゃる通りでございます。たしかに、そのような荷物をお持ちでございました」

二人のやりとりを聞いていた東吾が口をはさんだ。

「何者なんだ、そいつは。まさか、かわせみが盗《ぬす》っ人《と》を泊めちまったんじゃあるまいな」

「盗っ人ではありませんが……多分、横浜屋弥助というのは、でたらめですよ」

嘉助の顔色が変ったので、宗太郎は慌《あわ》ててつけ足した。

「そいつを泊めたからといって、別にお上のおとがめを受けるというのじゃありません。わたしの想像では、おそらく、横浜へ来る外国の船から荷揚げされたものを適当にくすねて売り歩いているのではないかと思うのですが……」

「それじゃあ、盗っ人じゃないか」

「推量だけでは、決められませんよ」

「それが、宗太郎と、なんの関係があるんだ」

「問題なのは、そいつの持っていた荷物でしてね。手前の父の弟子で、神田で開業をしている坂井広庵と申す者の所に、昨日、その男がやって来て、横浜の異人から入手したという薬物の類を売りに来たそうです」

坂井広庵は漢方の医者で、その男の持っていた品物をみたが、どれもあまり見たことのないものばかりで、結局、何も買わなかった。

「たまたま、今日、父の屋敷で広庵と会い、その話を聞いたのですが、どうも蘭方で使う薬種のようなのでして……」

長崎で蘭方を学んで来た宗太郎にしてみれば、大いに関心があった。

「どうも気になるので、心当りの医者を何軒か訊いてみますと、やはり同じ男と思えるのが、立ち廻っていました」

それらの医者が口を揃えていうには、その男の持っている品が、薬種とはいっても、今まで見たこともない、名前も知らないようなものばかりで、どういう病気に用いるのか、どんな効力があるのか、さっぱりわからないので、興味はあったが、誰も入手しなかった。

一つには、薬価が異様なほど高かったせいでもあったらしい。

「つまり、宗さんはそいつを探し出して、薬を買おうというわけか」

東吾がいい、宗太郎が半分、肯定した。

「それもありますが、気になることがあるのです」

広庵の話によると、その男の持っていたものの中に、人参に似た根があったという。

「最初、広庵はてっきり韓《から》の人参かと思い、求めようとしてよく調べてみると、似てはいるがそうではない。おそらくは偽物と判断したと申すのです」

漢方でいうところの人参は主として朝鮮の産で、体の衰えを防ぎ、力をつける効能があり、万病に効く貴重な薬とされている。

「東吾さんは人参というものをみたことがないでしょうが、薬用に使われるのは、根の部分なのですよ」

根をよく干して、けずって煎じるのが一般的な用法だといった。

「その根の形なのですが、ちょうど人間の下半身のような恰好に二股に分れていましてね、人参という名もそこから来たといいます」

つまり、人間の下半身に形が似ていればいるほど、効力も大きいとされて、

「精力を高めるのに薬効があるともいうのですよ」

笑いもしないでいった。

「よせやい。俺に人参の講釈をしたって、はじまらねえや」

「人参は、まあ万能薬のようなものですが、これに似た形をしていて、下手をすると命とりになる植物があるのです」

「なんだと……」

「わたしは、一度、長崎でみたことがあるのですが、ペルシャのもっと南のほうに生えているらしい。名はキルカエアとかマンドラゴラと申すようで、黄色い小さな実が生《な》るそうですが、それを食べると睡気をもよおす。また、その根の皮を、ぶどうの酒に浸したのを飲むと更に深い眠りにおちて、体を切ったりしても痛みを感じることがない。それで、蘭方では、体を切開する手術の時に、これを用いて、患者の痛みをやわらげるのに役立てます」

東吾と嘉助が思わず顔を見合せた。

宗太郎が、こんなふうに雄弁になるのは珍しいことでもある。

「そりゃあ、医者にとっては便利な薬じゃないか」

「その通りなのですが、使い方を間違えるととんだことになる。例えば、これに似た薬草で莨菪《ろうとう》というのが早くから漢方にあるのですが、これは下手に使うと、とんでもないことになると書かれています」

明の時代に悪僧が張柱という者の女房に横恋慕し、食べ物の中に莨菪を混ぜて勧めると張の一家はみな、眠ってしまったので、悪僧はやすやすと、張柱の妻を犯し、その上、張柱の耳にその粉薬を吹き込むと、張は気がおかしくなって一家を惨殺してしまったということが漢方の書物に出ていると、宗太郎は話した。

「そりゃあ薬ではなくて、毒じゃないか」

流石《さすが》に、東吾が眉をひそめた。

「人をねむらせるというようなものは本来は毒です。しかし、毒も使い方によっては薬にもなるのでして……もし、広庵のみた人参のようなものが、そのマンドラゴラだとすると……」

漸《ようや》く、東吾は宗太郎のいわんとしていることを理解した。

「そいつを人参と間違えて使うと、とんでもないことになるというわけか」

「そうです。なんとか、その男をみつけ出して、実物をみたいと思って探しているのです」

横浜から出て来たというからには、江戸のどこかに泊っている筈《はず》だし、実際、「かわせみ」にも一泊している。

「わかった。早速、源さんに話して、宿帳改めをしてもらうことにしよう」

だが、東吾が源三郎に、宗太郎の話を伝えた翌朝、金杉橋の近くで、胸を一突きにされた男の死体がみつかった。

たまたま、近所に住む大工が、前夜、その男が金杉通り二丁目にある居酒屋で、伴《つ》れらしいのと激しくいい争っていたのを傍で飲んでいて目撃していた。

「なんでも、横浜から来たような話で、品物をどこへやったとか、代金を一人占めするつもりだろうなぞと申して居りまして……」

あまり声が大きくなったので、店の者が注目すると、二人は急に黙り込み、金を払ってそそくさと出て行ったと、大工は町役人《ちょうやくにん》に申し立てた。

町役人が居酒屋の主人を呼んで聞いてみると、大工のいう通りで、二人の中の一人はどうも言葉がぎこちなかった。ひょっとすると唐人ではないかという。

横浜から来たというのが、畝源三郎の耳に入って、念のため「かわせみ」から嘉助が出かけて首実検をすると、間違いなく、「かわせみ」へ泊った横浜屋弥助だとわかった。

弥助と唐人らしい男が居酒屋を出て行ったのが四ツ（午後十時）を過ぎていたこと、弥助の死体が、夜半から降り出した雨にぐっしょり濡れていたことから考えて、弥助が殺されたのは、居酒屋を出て間もなく、従って下手人は伴れの唐人らしい男である公算が強くなった。

　もう一つ、源三郎の報告を聞いて、東吾と宗太郎が考え込んだのは、弥助が「かわせみ」へ来た時に持っていた、大風呂敷包が、死体の近くのどこにもなかった点で、居酒屋の主人や大工の証言によっても、どうやら弥助は居酒屋へ来た時、すでにその荷物を持っていなかったと思われた。

「相手の男が品物をどこへやったと訊いていることからしても、弥助は、すでにそれをどこかへ売ったと判断してよいでしょう」

　唐人らしい男は弥助の仲間で、品物の売り上げの分配をめぐって争いになり、弥助を殺したのではないかと、源三郎はみている。

「どうも、この節、横浜へ入る異国船の商売物をかすめ取って売りさばいている仲間がいるようで、奉行所から近く係の同心が横浜へ出張《でば》って参るそうです」

と聞いて、宗太郎は出来ることなら、その役人に同行させてもらえないかと源三郎に頼んだ。

「どうも、弥助の持っていた薬物が気になるのです」

　もし、素人の手に渡ったら危険な薬物が横浜で荷揚げされているとなると、これは奉行所でも捨ててはおけない。

　結局、近藤芳三郎という同心に、宗太郎と東吾が非公式について、横浜へ行くことになった。

二

近藤芳三郎というのは、奉行所の外国係に属する同心で、年は四十二、三、どちらかというと能吏といった感じの人物で、宗太郎にも東吾にも如才ないのは、東吾のほうは吟味方与力を兄に持っているし、宗太郎は将軍家御典医の悴《せがれ》で、旗本の聟《むこ》という、各々の身分を承知しているせいとみえた。

早朝に、近藤芳三郎と品川で待ち合せて、東吾と宗太郎はそこまでついて来た源三郎にひき合せてもらい、たがいに挨拶をしてから源三郎に見送られて西へ向った。

道中、少しずつ、近藤が語ったところによると、彼が横浜へ行くのは、もう十数回に及んでいて、港の役人や商館の人々とも昵懇《じっこん》ということであった。

「なにしろ、行く度に町が繁華になって居ります。お上から商売のお許しが出て、あっという間に異人の家が増え、江戸は勿論、京大坂からも商人が参っていて、岡場所の如きものも出来ました」

新開地だけに、代官所の手も足りず、外国人との事件や紛争も少くないらしい。

六郷川を渡ると梨畑が広がって来た。

白い花が無数に咲いていて、のどかな風景だが、街道を往来する人の中には武士が目立つ。

「西国の藩士で、脱藩した連中が江戸を目ざして来るようで、なかには異人を斬るためにやって来た連中もいるそうで、先日もイギリスの商館のほうから奉行所に、警固の侍をふやしてもらいたいなぞと申し入れがあったそうです」

外国係だけあって、近藤芳三郎の話は畝源三郎とは全く違った意味で、東吾や宗太郎には面白かった。

本来、江戸八百八町の治安を守るべき奉行所の中にも、時代の動きが感じられる。

生麦、子安と過ぎて神奈川の宿へ入り、宮の渡しから舟で横浜の地へたどりついた。

江戸から、およそ七里の旅である。

晩春の陽は暮れかかり、海はかすんでいる。

戸部の奉行所へ行き、近藤芳三郎が挨拶をすませるのを待っていると、如何にもお手先といった男が出て来た。

「あっしは、近藤の旦那に御《ご》贔屓《ひいき》になっている品川の平吉と申します」

近藤芳三郎の息のかかっている岡っ引だが、このところ、横浜での御用が多いので、こっちに家を借りて品川と行ったり来たりしているといった。

「旦那は、まだ、こちらの奉行所の方々とお話があるそうでして、あっしがお宿へ御案内を申します」

つれて行かれたのは、相模屋という新しい旅籠《はたご》で、早速、二階へ案内された。

「もし、お疲れでございませんでしたら、飯がおすみになってから、ざっと近くを御案内申しますが……」

と平吉がいい、東吾はよろしく頼むと返事をした。

近所の湯屋でざっと汗を流し、軽く腹ごしらえをしたあたりで夜になった。

この附近は随分と家が増え、道幅も広くなったというが、それでも夜は暗く、それほど人通りもない。

やがて迎えに来た平吉が二人を案内したのは岡場所であった。

まだ港崎《みよざき》町の遊廓が開かれる前のことだったが、船の入る所、人の集る所には必ず遊び場所が出来る。

「けっこう、いい妓《こ》が居ります」

と平吉にいわれて、東吾と宗太郎は苦笑した。

「折角だが、俺達は女より酒がいいほうなんだ。どこかに、気のきいた店はないか」

東吾がいって、平吉は岡場所から遠くない一軒の暖簾《のれん》をくぐった。

小料理屋で、けっこう客が多い。

座敷といっても、蕎麦屋《そばや》の二階のような入れ込みで、衝立《ついたて》をおいて仕切ってある部屋だが、その一つに腰をすえて酒と肴《さかな》を頼み、東吾は遠慮する平吉に盃を持たせた。彼はかなりいける口らしく、徳利が二、三本並ぶ頃になると、舌が軽くなった。

横浜へ入る異国の船はさまざまで、積荷は圧倒的に生糸が多いが、その他にも西洋の家具やギヤマン、織物、衣類、酒など、ありとあらゆるものが運び込まれる。

「最初は通辞や荷揚げ人足なぞが、むこうの連中からもらったりしたのを、質屋に持ち込んで金にしていたようですが、だんだんとそういう連中から異国の品物を買い取って売りさばき、利ざやを稼ぐ者が出て来まして……」

もらっただけの品物ではいくらにもならないので、つい、積荷の中からちょろまかしたり、むこうの船員とぐるになって、荷を横流しするようになる。

「まあ、一と昔前の抜け荷のようなもんでして、みつかりゃあ重罪ですが、儲けのほうも大きいてんで、お上も船主も目を光らして居りますが、なかなか、あとを絶ちません」

宗太郎が訊《たず》ねた。

「そういったものの中に、薬種はあるか」

「ございますとも……」

平吉が大きくうなずいた。

「異国からの薬は、蘭方のお医者にひっぱりだこで、どこへ持ち込んでもいい金になるというので、随分と闇の取引が多く、なかにはお上の改めを受ける前に横流ししちまうものもかなりあるようで……」

禁制の薬種は、まず、調べを受ける前に船から消えてしまうといわれていると、平吉はいった。

「では、横浜屋弥助という名前を聞いたことはないか」

東吾が訊き、平吉がかぶりを振った。

「先程、近藤の旦那からも訊かれましたが、心当りはございません」

勿論、横浜屋なぞという店も、横浜にはないといった。

「闇の取引仲間には唐人はいないのか」

「あまり聞きませんが……」

「そいつの言葉を耳にした者が、どうも唐人ではないかといったらしいのだが……」

平吉は酒を飲みながら考えていたが、急にあっと声を出した。

「ひょっとすると、あいつのことじゃありませんか」

「心当りがあるのか」

「イギリス商館のブラザ、あっしらはぶらさんと呼んでいるんですが、そいつの船の水夫《かこ》で、琉球生まれの男がいるんです。名前は李大白とかいいまして……賭けごとが好きで、よく港の賭場《とば》に入りびたって居ります」

東吾の目が光った。

「その、ぶらさんの店で扱っている品物の中に、薬はないのか」

「そういえば、江戸の薬種問屋と取引があるときいています」

「東吾さん、そこへ行ってみましょう」

宗太郎が立ち上り、東吾はまだ徳利に残っている酒に未練がありそうな平吉をうながして外へ出た。

ブラザ商会の建物は港に近いところにあった。

夜の中に潮の香がただよっている。

「商館の連中は、大抵、遊びに行っちまって、こんな時刻には居りませんが……」

平吉がいいかけた時、暗い中で人の叫び声が上った。

日本語ではなく、なにやらどなりつけるような調子で何人かがさわいでいる。

建物の角をまがると、月明りの中で背の高い男が三、四人、逃げ廻っている。

その中心では、小柄な男が暴れ廻っていた。

跳躍し、足で相手を蹴ると、まるで刃物で打たれたように倒れる。みたところ、武器らしいものは持っていないが、その男の体のすべてが武器のようでもあった。

背の高いほうの一人が、こっちへ走って来た。平吉をみて、なにか叫ぶ。

「ぶらさんじゃねえか。どうなすった」

すでに、ぶらさんの仲間は地面へひっくり返ってのびていた。

小柄な男が、もの凄い勢いでぶらさんに襲いかかる。

東吾の体が夜の中を跳んだ。

ぶらさんを追って来た男が、東吾の前で立ち止った。

「旦那、そいつが李大白でさあ」

平吉が、大声で教えた。

李大白と呼ばれた男は体を低くし、異様な形で身がまえている。

月光で、東吾は相手の顔をみた。目はうつろで、そのくせ奇妙な光り方をしている。

唇からは、よだれが流れている。

「ぎえっ」

と男が発声した。同時に槍が突き出されるように、男の足が東吾の顔面をねらって来た。

東吾の体が弓のようにしなった。

「旦那ッ」

と悲鳴を上げたのは平吉だったが、地にころげたのは李大白で、東吾は沈めた体を起しながら、抜いた刀を納めていた。

「斬ったのか」

と宗太郎。

「いや、峰打ちだ」

宗太郎が倒れている李大白の傍へ近づき、平吉を呼んだ。

「手を貸してくれ、家の中へ運ぶ」

ぶらさんは腰が抜けたようになっている。

東吾は別のところに倒れているぶらさんの仲間の様子をみに行った。

腕をまげてうなっている者と、横腹を抱えている者と。

「宗太郎、こっちも手当が必要だぞ」

ブラザ商会は、あかあかと灯がともされ、宗太郎が手ぎわよく、二人のイギリス人の怪我の手当をした。

李大白は、土間にひっくり返って、口から泡を吹いている。

「朝になれば、薬が切れて、目がさめますよ」

東吾にいい、宗太郎はぶらさんに筆談をまじえて話をはじめた。

ぶらさんが、奥から酒瓶を持って来た。中に人の下半身のような形をした根のようなものが、酒につかっている。

「これが、マンドラゴラですよ」

宗太郎がいった。

「李大白は、これを飲みすぎて、狂暴になったのです」

マンドラゴラを漬けておいた酒を僅かほど飲むと、深いねむりが来て、手術などの痛みを感じなくなる。

「ですが、大量に飲みすぎると、狂乱して、自分がなにをしているのか、早い話が人を殺してもわからないような状態になります」

それは、この前、「かわせみ」で宗太郎から説明されていた東吾だったが、荒れ狂っていた李大白をみて、はじめて納得出来た。

「なんで、こいつ、そんなものを飲んだんだ」

「多分、人参と間違えたんでしょう」

人参をやはり酒に漬けておいて、長寿の薬として飲む習慣が東洋にはある。

平吉が知らせに行き、夜があけてから、李大白は戸部の奉行所へ曳かれて行って取調べを受けた。

やはり、ブラザ商会の積荷から西洋の薬種を盗み出したのは李大白であった。

彼はそれを、賭場で知り合った丑松というのに頼んで、売って金にしてもらい、丑松には礼金として二割を渡す約束をした。

丑松は江戸へ行って、品物を売ろうとしたのだが、彼がなかなか横浜へ帰って来ないので心配になった李大白は江戸へ出て来て、運よく金杉通りでむこうから来る丑松と出会った。

「丑松は人参は偽物で売れなかったと申し、金をくれません。品物を返せといいますと、あんなものは捨ててしまったと申すので……」

かっとなった李大白は、丑松を匕首《あいくち》で刺し殺し、横浜へ逃げ帰った。

ブラザ商会のほうでも、李大白が商品を盗んだのではないかと疑って、彼を解雇したので、やけになった李大白は、昨夜、ブラザ商会へ忍び込み、人参酒とばかり思って、マンドラゴラの酒を飲んだ。そこへ、岡場所へ遊びに行っていたブラザ商会の三人が帰って来て、マンドラゴラの毒で幻覚を起し、狂奔する李大白によって大怪我を負った。

「かわせみ」へ横浜屋弥助と名乗って宿泊したのは、丑松であった。

李大白は丑松殺しで処刑され、東吾と宗太郎は江戸へ帰った。

間もなく、江戸の瓦版に、横浜での事件が出たが、それには、マンドラゴラが西洋の妖術使いが用いる毒酒と書かれていて、漢方の人参酒と取り違えたら一大事、御要心、御要心と面白可笑《おか》しく脚色されていた。

「全く、でたらめもいいところじゃありませんか。いったい、誰がこういうことを瓦版屋に流すんでしょうね」

大方、横浜の捕物で手柄を立てたと自慢している平吉あたりが大袈裟に吹聴《ふいちょう》したのだろうと、瓦版を買って来たお吉は憤慨していたが、東吾と宗太郎の気がかりは、丑松が江戸へ持ち込んだマンドラゴラの行方であった。

丑松が李大白にいった通り、売れなくて、どこかへ捨ててしまったというのが本当なら、

「まず、あんな根っ子をみても、人参と間違える者は、医者か、日頃、人参を愛用している、ごく金持ぐらいで、普通の人は、なんだかわからない筈です」

よもや、拾う者はあるまいと思えるが、

「一番、心配なのは、丑松がどこかへ売りさばいていて、金を一人占めにする気で李大白に嘘をいった場合です」

あんなものを買うのは医者か薬種問屋だが、

「もし、マンドラゴラを人参と思い込んでいると、とんでもないことになります」

と、宗太郎の不安はおさまらない。

李大白が丑松を殺した時、懐中の有り金をかっさらって来たが、それはたいした額で

はなかったと申し立てているので、或いは捨てたというのが本当かも知れないが、売った金を丑松がすでに遣ってしまっていたのかも知れず、死人に口なしでなんともわからないのが不気味といえないこともなかった。

だが、江戸は何事もなく、五月の天下祭も無事に終った。

三

五月の末、江戸はお堀の水も干上るかと思えるような油照《あぶらで》りが続いた。

来る日も来る日も、じりじりと太陽が地上を焼いて、風が吹くと砂塵が舞い、少々、水を撒いたくらいではどうにもならない。

「こういう年はコレラが流行するのですよ」

と宗太郎が予言したように、コレラと火事が江戸名物になった。

なにしろ、乾き切っているところに火が出ると、忽《たちま》ち大火になって町々が灰になる。

「どうも大火のあとは、揉《も》め事が多くて困ります」

宿帳改めに来た畝源三郎が珍しく、るいにこぼした。

「かわせみでは、質屋にものをあずけることはないでしょうから、こんな話はなんの役にも立ちますまいが……」

帳場の脇の小部屋で、今日は昼飯もまだだったという源三郎のために、るいがお吉にお膳の用意をさせ、鰹《かつお》と筍の炊き合せや、豆腐の田楽、若鶏の七味焼きなどで、源三郎が湯漬けをさらさらかき込みながら話すのを、ちょうど宿屋稼業の暇な時刻だから、嘉助もお吉もすわり込んで聞いている。

「質屋と申しますと、昔、八丁堀に居りました時分、旦那様とよく探索にまいりましたよ」

嘉助がなつかしそうにいったのは、江戸の質屋は組合を作って居り、日頃から奉行所と密接な関係にあって、見知らぬ者が身分不相応なものを質入れに来た時などは、直ちに訴え出るので、そこから盗賊の手がかりが得られることが多かったためである。

「なにか、むつかしいことがございましたの」

源三郎のために、新しく茶をいれながら、るいが訊いた。

「汐留橋の近くに、村井屋という質屋があるのです」

老舗《しにせ》で、大きな蔵が二つもある立派な店で、かなりな身分の侍の屋敷にも出入りをしていると源三郎はいった。

「汐留橋の近くというと、木挽町《こびきちょう》でしょう。あの辺で、こないだ火事がありましたね」

すぐにお吉が反応した。

つい三日前の昼間のことで、布団屋から火が出たが、近くに川が流れているのと、日中だから人のかけつけるのも早く、両隣りの三軒を焼いただけで鎮火した。

「その火事で、村井屋も店が焼けました。ただ、二つの蔵は無事だったのですが……」

店と住いにしている建物のほうは灰燼《かいじん》に帰し、焼け残ったのは茶碗のかけらぐらいという有様であったという。

「ですが、畝様、蔵が焼け残ったということは、質物《しちもつ》は助かったのではございませんか」

嘉助が不思議そうに訊ねた。

質屋の場合、質物をおく客と、あずかる質屋との間にいくつかの取りきめがある。

例えば、質流れの期限は通常衣類などは八カ月、刀剣や道具は十二カ月というようなもので、その一つに万一、火事によって質屋が焼け、質物も消失した場合、質屋は客に質物を返さなくてよいが、その代り、質物を担保にして貸した金も返って来ない。つまり、質屋も客も両損ということになっていた。

この場合、とかく紛糾するのは、質入れした品物に対して、借りた金が少なかった時で、客は大事な品物だから必ず請け出すつもりで、とりあえず必要な金だけを借りたので、十両の値打ちのある茶道具で三両の金を用立ててもらったような例では、客のほうが大損害を受ける。

質屋のほうは、普通、質に入れる品物の値よりも多くの金を用立てることはないので、両損という建前でも、まず泣きをみるのは客と相場が決っていた。

だから、嘉助は、村井屋の蔵が焼け残ったのに、どうして揉め事が起ったのかと疑問に思ったわけである。

源三郎が箸をおきながら苦笑した。

「運の悪いことに、その質物だけが店においてあったのでね」

火事の起る前に、客が持って来て、村井屋では、それを奥座敷に運んだものの、まだ蔵に入れていなかった。

「燃えてしまったのですか」

と、るい。

「そうです」

「いったい、どんな質物なので……」

「葛籠《つづら》ですよ」

それも衣類などを入れる小葛籠だと源三郎は、「かわせみ」の面々を見廻した。

「村井屋は、その葛籠を担保に、百両を用立てています」

「葛籠の中に、お茶道具でも入っていたのでは……」

お吉が訊いた。

「いや、からっぽです。しかし、葛籠には御紋が入っていたのですよ」

流石《さすが》に声をひそめた。

御紋といえば、将軍家から拝領の、つまり葵《あおい》の御紋入りということになる。

「本来、そういうものは質草にとってはならないきまりなのですが、村井屋とその旗本、名前は申せませんが、三河以来の譜代です。そちらと村井屋とは古いつき合いで、まあこの節のことで、お手許が不如意になると、拝領の葛籠を持って行っては、金を借りて急場をしのいでいたようです。村井屋のほうも、これは断じて質流れにならないと承知しているから百両でも二百両でも出します」

「そんな大事なものを、なんですぐにお蔵に入れなかったんですか」

お吉が口をとがらせ、源三郎が困った顔でつけ加えた。

「相当な、ぼろ葛籠だったそうですよ」

とにかく、何百年も昔のもので、拝領品でなければ、とっくにお払い箱になっていようという代物《しろもの》だったらしい。

「ですから、村井屋のほうも、始終、質入れされていることでもあり、それほど大事には思わなかったのでしょうな」

あとで蔵へ入れるつもりで座敷において、火事で焼けてしまった。

「旗本のほうは、これが明るみに出ると、とんだことになる。それほど重大なものを蔵にも入れず焼いてしまったのは、店の不届きだと、千両出せと申して来たそうです」

千両とは吹っかけたものだが、質屋のほうにも落度がある。

「しかし、近頃の質屋はどこもそう内情がいいとはいえません。村井屋にしても、千両出せば、店が潰れるという始末で……」

町役人に相談し、なんとか、相手と話をつけようと苦心している最中だという。

「それは大変でございますね」

将軍様の御威光が、とみに薄くなりかけている御時世だが、やはり、葵の御紋に対する庶民の感覚は並々でないものがある。

「相変らず、源さんはつまらねえことにふり廻されているんだな」

横浜へ行って、多くの異人をみ、異国の船が交易を許されて、日本の商人と派手に商売をしている有様をみて来たばかりの東吾は、世の中の大きなうねりが気になっていて、市井《しせい》の事件にあくせくしている友人に対し、つい、そんな感慨を口にしてしまったのだが、村井屋の事件は、思わぬ展開をみせた。

源三郎が「かわせみ」へ来て話をして二日目、旗本の用人の今井啓左衛門というのが、村井屋へ来て、蔵の中で主人の貞次郎と話をしている中に酒に酔ったようになり、刀を抜いて主人と番頭を斬り殺し、別の蔵にいた貞次郎の女房子、女中まで手当り次第に惨殺したあげく、血泡を吹いて死んでしまったというものである。

取調べに当った源三郎から使が来て、東吾が村井屋へかけつけて行くと、麻生宗太郎が一と足先に着いていた。やはり、源三郎に呼ばれたという。

村井屋で生き残ったのは、外へ逃げ出した手代と小僧だけであった。

「別に口論になったわけではございません。旦那様は御親類を廻って五百両の金を用意なさいまして、とりあえず、前金としてお納めすることになりまして……」

用人の今井も承知し、久しぶりに和やかな雰囲気だったという。

「御用人様が、この頃、疲れやすく、肩や腰が痛むとおっしゃいまして、旦那様が番頭さんに、唐渡りの酒を持って来させまして、それを御用人様にお勧めしていらっしゃいました」

手代がみたのは、そこまでで、あとは小僧と焼けあとの片付けをしていると、今井啓左衛門が狂ったように刀をふり廻して蔵をとび出して来るのをみ、慌てて、小僧と表へ逃げ出した。

「東吾さん、みて下さい」

酒の壺《つぼ》の中を調べていた宗太郎が東吾を呼んだ。

陶器の壺の中から、宗太郎がひっぱり出したのは、木の根であった。

「マンドラゴラです」

「これがか」

「ええ、間違いはありません。旗本の御用人は、この毒にやられたのですよ」

村井屋の蔵の中には、茶箱に入っている数多くのマンドラゴラがみつかったが、その中には人参も混っていた。

「多分、誰かが、質入れしたものと存じますが……」

生き残った手代は、それを扱ったおぼえはないといい、質屋の帳簿も焼けてしまっている。

村井屋へマンドラゴラを持ち込んだのは、おそらく丑松だろうと推量はされるものの、今となっては、なんの根拠もない。

毒物として、お上に没収されたマンドラゴラは、研究のため、蘭方医にお下げ渡し下さいという宗太郎の願いも空しく、すべて焼き捨てられたが、それを焼いた役人の中、二人が昏睡状態になり、半日以上も元に戻らなかった。

たかが、マンドラゴラの煙を吸っただけでそうなるのだから、いよいよ、西洋の魔薬に違いないと役人達は大いに怖れたそうである。

花世《はなよ》の冒険《ぼうけん》

一

本所の麻生宗太郎、七重《ななえ》夫婦に二人目が誕生した。

待望の男児でお七夜を待たず、麻生家の嫡男が代々、名付けられる幼名の「小太郎《こたろう》」が、祖父、源右衛門《げんえもん》の手で奉書にしたためられて、枕許《まくらもと》におかれた。

長女の花世が生まれた時も、盆と正月が一緒に来たような麻生家の浮かれようだったが、今度はそれを越える喜びかたで、東吾にいわせると、

「盆と正月に天下祭がころがり込んだような」

大さわぎになった。

麻生家は旗本の家柄である。

当主の麻生源右衛門はつきあいの広いほうだし、赤ん坊の父親である宗太郎の実家の

天野《あまの》家は将軍の御典医だから、祝客の数はおびただしく、普段は広すぎて静かな屋敷の中が連日、賑やかであった。

祖父の源右衛門も、両親も別に二人の子供をわけへだてするつもりはなかったのだが、どうしても屋敷中の気持が、生まれたての赤ん坊に集ってしまう。

それが、これまで一人っ子で育ってきた花世には少しばかり寂しかった。

勿論、花世にとっても弟の誕生は嬉しかったが、なにしろ、一日中、おくるみにくるまって寝てばかりいる弟なので、一緒に遊ぶわけにもいかず、傍で眺めていると、必ず、乳母がやって来て、

「さあさあ、花世さまはあちらでお遊びなさいまし」

と、部屋から連れ出される。

花世は、ちょっとおかんむりであった。

そんな花世の気持に、一番先に気がついたのは東吾で、

「花坊、かわせみへ遊びに来ないか」

というと、花世は大喜びで背中にしがみつく。

「とうたまのお家《うち》へ行きましょ。とうたまのお家がいい」

そうなると、乳母が、

「そう毎日では、御迷惑でございましょう」

などといっても、

「いい、はなは、とうたまのお家へ行く」

断じていうことをきかない。

母親の七重はまだ産後で横になっていることが多く、父親は女房と赤ん坊と、外来の患者の面倒で、とても花世までは手が廻らないので、むしろ、東吾の親切をありがたく受けている。

で、東吾は講武所の稽古に出かけねばならない日以外は、朝から麻生家へやって来て、花世を背にのせて「かわせみ」へ連れて行き、夕方まで遊ばせていると、宗太郎か乳母かが迎えに来るといった習慣がついた。

「かわせみ」は、この小さなお客を大歓迎した。

もともと、るいも東吾も子供好きだし、嘉助もお吉も、花世の贔屓《ひいき》であった。

東吾が、

「どうも、麻生家は男の子に夢中で、花世の奴がしょんぼりしているんだ」

といった時、

「そんな理不尽なことがございますか、いくら女だって、花世さまは麻生家の総領じゃございませんか」

と立腹したのはお吉で、嘉助までが、

「子供は二人目が生まれた時が大事でございます。少しでも、寂しい思いをさせたら、あとあと、決して、いいことがございません」

兄弟喧嘩の元になると、大袈裟に心配したりする。

なんにしても、花世は可愛い盛りで、「かわせみ」のみんなによくなついている。

東吾を「とうたま」と呼ぶのは、母親が「東吾様」と呼ぶのを真似たものだし、るいは小母《おば》様が訛《なま》って「ばばたま」になった。

嘉助は「かあすけたん」だし、お吉は「おおきいたん」と呼ばれて相好《そうごう》を崩している。

「かわせみ」へ来ている限り、花世は退屈しなかった。

帳場の横で、到着する客の様子を眺めていたり、板場をのぞいて、お団子を作ってもらったり、るいと人形遊びをすることもあれば、庭で東吾と剣術のお稽古をする日もある。

本所の麻生家の近所は武家屋敷ばかりだが、「かわせみ」のまわりは町屋で、縁日もあるし、季節柄、夜店も出る。

時には舟で浅草まで連れて行ってもらったりと、花世にとっては極楽のような日々であった。

当然のことながら、東吾が迎えに来ない日は面白くない。

「とうたまの所へ行く」

といっても、

「今日は東吾様は剣術を教えに行っていらして、お留守なのですから……」

乳母にいわれて、しょんぼりと、るいに作ってもらった着せかえ人形を眺めていることになる。

花世は、年に似合わず大胆なところがあった。

とうとう、誰も連れて行ってくれないならば、一人で、とうたまのお家へ行こうと考えた。

道はわかっていた。

乳母と一緒の時は駕籠《かご》だが、東吾はおぶって行くし、宗太郎はなるべく歩かせたほうが体のためによいと考えて、花世が歩ける限りは手をひいて行く。

その朝、花世は乳母が起しにくる前に布団を抜け出した。

玄関へ出てみると、門はもう開けてあるし、小者が庭の掃除をしている。

草履《ぞうり》を出して、花世はさっさと門の外へとび出した。

小さな橋を渡って、まっすぐに行くと大川のふちに出る。

その道を左にずっと行って、大川にかかっている大きな橋を渡るのであった。

朝の風を頬に受けながら、花世は緊張して歩いた。

時々、後をふり返ってみたが、追いかけて来る者はいない。

次第に、花世は怖くなったが、もう、ひき返せないと思った。

とうたまのお家へ行って、もし、とうたまがお留守でも、ばばたまもいるし、かあすけたんもおおきいたんもいるに違いない。

背中にぐっしょり汗をかきながら、花世はひたすら歩いた。

大きな橋に出た。

ここから、とうたまのお家は近い。

橋番は、とっとこ、とっとこと歩いて行く小さな女の子を、あっけにとられて見送った。

永代《えいたい》橋を渡って、大川端町へまがる道も花世は間違えなかった。

「かわせみ」の家の前で嘉助は早立ちの客を見送っていた。

「かあすけたん」

と呼びながら、かけ寄って来る花世をみて、嘉助は思わず、そっちへ走った。

「花世さま」

「かあすけたん」

小犬のようにとびついた花世を抱き上げて、嘉助は道のむこうを見た。あとから麻生家の誰かがついて来ると思ったからだが、それらしい姿はなかった。

「お嬢さま、お供は……」

「はなは、ひとりで来たの」

ええっ、と声を上げ、嘉助は花世を抱いて店の中へかけ込んだ。

ちょうど、るいが東吾を送って帳場まで来たところで、

「とうたま、ばばたま」

「大変でございますよ、花世さまはお一人で来られたとか」

といったるいだったが、見ると花世は、どうやら、寝巻らしい恰好で、細い紐を結んだだけである。

「まさか」

「花坊、お前、本当に一人で来たのか」

東吾が嘉助から花世を抱き取り、花世は、

「そう、一人……」

と、うなずいた。

「ひょっとすると、お一人でお屋敷を出られたのでは……」

板場から出て来たお吉がいい、嘉助が、

「ちょっと、麻生様まで行って参ります」

あたふたと出て行った。

「とうたまは、今から本所へ花坊を迎えに行くところだったんだぞ」

東吾にいわれて、花世はきゃっきゃっと喜んだ。

「お腹がすいていませんか。朝の御膳は……」

るいにいわれて、花世は自分のお腹を押えた。

「お水……それから、御膳を頂きまちゅ」

嘉助と一緒に宗太郎が「かわせみ」へとんで来た時、花世は朝の御膳でお腹が一杯になり、とたんに瞼《まぶた》が重くなって、

「疲れたのね、それじゃ、ちょっとおやすみなさい」

るいが敷いた布団に寝かせると、忽《たちま》ち子供らしい鼾《いびき》をかいて眠ってしまったところであった。

「屋敷中、大さわぎだったのですよ」

のどかな娘の寝顔を見て、宗太郎が汗を拭きながら、東吾とるいにいった。

「もしかすると、こちらへ行ったのじゃないかと、出かけようとしたところへ、嘉助が来てくれました」

朝っぱらから迷惑をかけてすみませんでした、と頭を下げる若い父親に、東吾がいった。

「こっちは迷惑でもなんでもないが、よく、無事にここまで来てくれたと思うよ」

本所の小名木《おなぎ》川沿いの家から、大川端町の「かわせみ」まで、幼児の足では、かなりの道であった。

「こいつ、ちびのくせに、いい度胸だぜ」

「目をさましても、お叱りにならないで下さいね。きっと、一生懸命、歩いてお出《い》でになったのですから……」

東吾とるいが、こもごもにいい、宗太郎は苦笑した。

「花世にとっては、ここのほうが自分の家に思えるのでしょうかね」

男の赤ん坊は、女にくらべて手がかかるようだと弁解するようにつけ加えた。

「二人目で、親も馴れている筈なのですが、花世の時よりも、乳の呑み方が今一つなんです。その分、眠りも短くて、よく泣きましてね」

「花坊が豪傑なんだ」

「まわりも、さわぎすぎなのですよ。赤ん坊にしてみれば、落ち着かないのかも知れません」

一刻ばかり待ったが、花世は目をさまさない。

「ちびにしてみりゃあ、本所からここまでは五十三次の旅よりも遠かったに違いない。くたびれて当り前さ」

今夜は「かわせみ」へ泊めて、明日、送って行くからと東吾がいい、宗太郎は多忙が待っている麻生家へ帰った。

正午すぎに目をさました花世は、お吉が作った稲荷《いなり》ずしを珍しそうに眺めた。

「驚いたな。花坊は、稲荷ずしを食ったことがないのか」

旨《うま》いぞ、と東吾が食べてみせ、おそるおそる一つを口に入れた花世が、にっこりした。

「おいしい」

「そうだろう。こいつは、稲荷明神の大好物なんだ」

るいやお吉が見守っている中で、花世は稲荷ずしを三つ平らげ、海苔巻にも手をのばした。

「本当に、たいしたお嬢さまですよ。こんなお小さいのに、本所からお一人でここまでお出でになれたんですもの。普通なら、とっくに迷子さんになっていますよ」

お吉がひたすら感心し、

「やっぱり、お侍のお血筋ですかねえ。度胸がよくて、しっかりしてお出でで……」

嘉助が自分の孫のように自慢している。

花世はいい気分であった。

本所の家では乳母の他には相手になってくれる者がいないが、「かわせみ」は板場の若い衆までが、

「へい、こんなものが出来ました」

筍《たけのこ》の若いところの皮をきれいに洗って、その中に梅干の種を取ったのを砂糖にまぶして挟み込み、丁寧にたたんだのを、

「ここにお口をつけて吸ってごらんなさい」

と渡してくれる。面白半分、吸ってみると甘酸っぱい汁が出て来て花世をびっくりさせる。

華板《はないた》までが枇杷《びわ》の種に穴を開けて竹串を通し、弥次郎兵衛を作ってみせるのを、花世はむいてもらった枇杷を食べながら感心して見ているといった具合で、たのしい一日はあっという間に過ぎてしまう。

翌日は東吾が講武所に行っている間中、るいに人形の着物を縫ってもらったり、お手玉をしたり、庭で飼犬と遊んだりしていた。

「かわせみ」の飼犬は、もともと迷い犬だったのを、るいが不愍《ふびん》がって連れて来たもので、もう、かなりの老犬だが、花世にはよくなついて、大川に面した石垣のところへ花世が登ろうとすると、危いというように、しきりに吠えたりして、それがまた、花世には楽しくて仕方がない。

東吾は、花世が待っていると思うから、大いそぎで講武所から帰って来て、ひとしきり花世は、はしゃぎまくったが、

「いくらなんでも、二晩も泊めたら、むこうの親が気を悪くするだろう」

ぼつぼつ送って行こうということになった。

かねがね、兄の通之進《みちのしん》から、

「他人の子を可愛がるのはよいが、節度をわきまえよ」

と注意されていることでもあった。

昨日、花世を迎えに来た宗太郎が、

「花世にとっては、ここが自分の家みたいなものなのですかね」

といった時の、寂しそうな表情に、東吾もるいも、かすかな反省を持っている。

本所へ帰るというと、花世は不満そうではあったが、決して我儘《わがまま》をいう子ではなかった。

東吾に手をひかれて、とぼとぼと帰る姿を見て、お吉は目をまっ赤にするし、

「また、お近い中《うち》にお出でなさいまし、お待ちして居りますから……」

と、嘉助が声を詰らせている。

東吾にしても、花世が不愍《ふびん》であった。

利発できききわけがよいだけ、かわいそうな気がする。

「長助親分のところへ寄ってみるか」

「かわせみ」でいろいろ食べていたから腹はすいていまいと思いながら訊《き》くと、嬉しそうにうなずく。

長寿庵では、長助は畝源三郎と出ているということで、悴《せがれ》が花世のために小さな丼に天ぷら蕎麦を作った。

それを食べさせてから、富岡八幡へ出て、境内の見世物小屋を一つのぞいて、本所の麻生家へ行った。

「また近い中に迎えに来る。今度は一晩泊りで、麻布へ蛍狩《ほたるがり》に連れて行ってやるよ」

別れぎわに、東吾はくしゅんとしている花世の肩を叩いて約束した。

二

「あんまり、いい気になって花坊をここへ連れて来るのは考えものだな」

「かわせみ」へ帰って、東吾はるいにいった。

「なんていったって、むこうには両親が揃っているんだし……」

るいも同感であった。

「うちは子供好きが揃って居りますから、つい、甘やかすことになるのかも知れませんね」

どこの家でも、下の子が生まれれば、上は親ばなれをする。

「それが自然なんだろう」

他人が下手に同情して、自然な心の成長を妨げてはなるまいといい合っているところへ長助が来た。

「折角、麻生のお嬢さまとお出で下さったのに、留守にして居りまして……」

ぼんのくぼに手をやって頭を下げた。

「なに、旨い蕎麦を食って、花坊は大喜びだった。あいつ、女のくせに大飯食いで……」

捕物だったのか、と東吾が訊き、長助は縁側へ腰を下した。

「なんですか、子さらいが流行《はや》り出しまして」

今月になって三人、行方不明になっているという。

「子供をさらっておいて、お金を出せっていうんですか」

長助のために、茶碗酒を運んで来たお吉が早速、口を出す。

「いえ、そういうんじゃございませんで、さらわれたのは貧乏人の子ばかりで、出せといわれたって舌も出ませんや」

それこそ食うや食わずの、その日暮しの者の子で、

「最初は、てっきり、親が子供を売っておいて、おとがめを受けねえために、さらわれ

たなんぞといってやがるんじゃねえかといわれてたくらいでして……」

近所の者も、町役人《ちょうやくにん》も相手にしなかった。

幼い子供の売り買いは、御法度だが、諸国の百姓が飢饉続きで、人買いに子供を売り渡したというのは決して少くなく、公方《くぼう》様のお膝許でも、五、六歳の女の子を女衒《ぜげん》が世話して色里へ奉公という名目で売ったりしている。

で、現実には子供の売り買いがなくなってはいないが、表沙汰になれば処罰を受けた。

町役人が届け出をきいて、本気にならなかったのは、そのためであった。

「いったい、どこの子がやられたんだ」

東吾が訊き、長助が茶碗を下においた。

「一人は浅草の奥山の芸人の子で、まだ三つかそこいらということでした。男の子で、名前は千代松と申します」

親のほうは小屋に寝泊りする旅芸人で旅から旅の生活だから、子供はみじめなものだと長助は少しばかり顔をしかめた。

「なにしろ、行方が知れなくなって二日もほったらかしにしておいて、親方にいわれて漸《ようや》く、番屋へいって来たので……」

「他は……」

「聖天《しょうでん》長屋に住む叩き大工の子で、定吉。この子は五つだそうで、まあ来年あたり、どこかへ小僧にやろうといっていた矢先、消えちまったので、親は大損をしたようにさわいで居ります」

もう一人は、柳原あたりで稼いでいる夜鷹《よたか》の娘で、四歳のおきよ。

「母親は夜鷹なんぞして居りますが、気のいい女で、娘を可愛がっていたそうでして、これは半狂乱になって、探し歩いています」

「子さらいという証拠はあるのか」

「千代松の場合はわかりませんが、定吉はみえなくなった日に、土地の者ではねえ男から金をもらって使に行ったのを、同じ長屋の婆さんがみて居ります」

婆さんの話だと、その男は定吉のあとを尾《つ》けるようにしてついて行ったというので、

「定吉は、それっきり帰って参りませんので、ひょっとしたらということになりました」

おきよも、同じように見知らぬ男から人形をもらっているのを、母親の仲間が目撃していた。

「男ってのは、小柄で、優しそうな感じだったそうですが、婆さんの話ですと、腕に刺青《ほりもの》があったと申しますので……まともじゃありますまい」

「行方不明は三人か」

「今のところ、お届けがあったのは三人ですが、ひょっとすると、まだあるんじゃねえかと畝の旦那はおっしゃっていました」

親がしっかりしていれば、すぐに届けが出されるが、いい加減だと、その中《うち》、帰って

来るだろうとのんきにかまえていたり、ひどいのになると、一人口べらしが出来たと喜んでいたりする。

「ですが、なんで、そんな小さな子供をさらって行くんでございましょうか」

嘉助が首をひねった。

「軽業《かるわざ》を仕込むにしたって、もう少々、年をくっていませんことには……」

第一、三つ四つでは手がかかって仕方があるまいという。

「その辺のところは、あっしにも見当がつきませんが……」

鰹《かつお》のたたきと筍の木の芽和えで、一杯の茶碗酒を旨そうに飲んで、長助は深川へ帰って行った。

花世を、蛍狩に連れて行ってやるという東吾の約束は、のびのびになった。

雨降りが続いたせいである。

それもどしゃ降りの大荒れで、江戸の川はどこも水かさを増した。

町方は河川の警戒に狩り出され、大川端の「かわせみ」も非常態勢に入った。なにしろ、盛り土をし、石垣にしてある川っぷちの土手の上まで川波が洗っている。

七日ばかりで、漸く雨が止んだ。

大川は濁流だが、水量は落ちている。

やれやれというので、二階へ運んだ荷物を下し、片付けもので一日が暮れる。

本所の麻生家でも小名木川の水位が上って、板塀や植木に少々の被害があったので植木屋や大工が入り、屋敷の内が雑然としていた。

女達は洗濯にいそがしかったし、男達は外廻りの清掃に出ている。

長雨の間、花世はずっと考えていた。

お天気になったら、また、一人でとうたまのお家へ行ってみよう。この前、ちゃんと行けたのだから、もう大丈夫。

とうたまもばばたまも、かあすけたんもおおきいたんも、びっくりして、はなのことをえらい、えらいと賞めてくれるだろう。わんわんのシロも、喜んでとびつくに違いない。

竹の皮のちゅうちゅう甘酸っぱいのが出るのを作ってもらって、稲荷ずしを食べて、それから蛍を見に連れて行く、と、とうたまが約束したから……。

雨は上ったが、家の中は人が動き廻っていて、なかなか抜け出す機会がなかった。

それに、植木屋や大工の仕事を見ているのも、結構面白い。

午後もだいぶ経って、花世は乳母が蔵へ夏の調度類を出しに行ったひまに、裏門から外へ出た。

大川とは逆へ歩き出したのは、この前、東吾が富岡八幡へ寄り道してから送って来たほうを廻って行ってみようと考えたからである。

いつも同じ道を行くのでは曲がない。

だが、小名木川を渡って暫《しばら》く行くと、花世は途方に暮れた。

とうたまの背中におぶさって来た時は一本道のように思ったが、行ってみると袋小路に突き当ったり、十字路へ出たりして、どっちへ向いて行けばよいのか、全く、わからなくなった。

むやみやたらに歩き廻り、やがて日が暮れて来た。

麻生家の人は、花世を探して大川のほうから永代橋へ向っていたのに、花世は小名木川の上流、つまり、大川へ流れ込む河口とは逆の方角をさまよい歩いていたものである。

夜になって、花世は流石に途方に暮れた。足は痛むし、歩こうとすると前へつんのめりそうになる。

暫くは道ばたにしゃがみ込んでいた。そうしていれば、どこからか、とうたまが走って来て、

「花坊」

と抱き上げてくれるように思えたのだが、いくら待っても、とうたまは来なかった。

気がつくと、目の前を人が歩いて行った。

今まで人っ子一人通らなかったので、いい加減、心細くなっていた花世はその人のあとについて行った。

道が暗くて、けつまずきそうなので、走って行って、その人の下げている提灯《ちょうちん》の傍を歩くことにした。

提灯を持った男は、不思議そうに花世を見たが、足は止めなかった。

遅れては大変と、花世は小走りになった。はあはあと息が切れる。

男が立ち止った。

「お前、どこへ行くんだ」

花世が黙っていると、手をひいて歩き出した。

どのくらい歩いたのか、男はあたりを見廻して、門の戸を押した。

鈍い音を立てて、戸が開き、花世があっと思った時には、男が横抱きにして庭を走っていた。

物置のような小屋のところに、別の男がいた。

「どうした」

「一人、拾って来た。開けてくれ」

心張棒《しんばりぼう》をはずす音がして戸が開き、花世はその中へ放り込まれた。

がたんと戸が閉まる。

男達はすぐ隣の建物へ入ったようであった。

暗い中で、花世はあたりに子供がいるのに気がついた。みんな、病気なのかと思うように、床にへたばっている。

「お腹がすいたの」

と花世がいったのは、自分が死にそうなほど空腹だったからである。

だが、その声で子供達がいっせいに泣き出した。

「うるせえな」

板壁の隣で男の声がした。

「売れ残りのお稲荷さんでも食わしておけ」

入口のほうで足音がして戸が開いた。

さっきの男が、竹の皮包を持って入って来た。

「泣くんじゃない。これを食いな」

花世の手にも一つ、持たせた。

とうたまのお家で、おおきいたんが作ってくれたのと同じだと思い、花世はいそいで
それを食べた。

男が出て行くと、また話し声が聞えた。

「船頭は間違いなく、明日の夜というんだな」

「へえ、明日中には大川もおさまるからっていってます」

「早いとこ、片づけちまわねえと、こちとらの顎《あご》が干上っちまわあな」

がやがやと声は続いていたが、花世はもう聞いてはいなかった。

こんな所に、こうしてはいられないと思った。

屋敷では、そうたまもたあたまも、じじたまも、きっとはなを探しているだろう。

それに、まだ赤ちゃんの小太郎《こたおう》も、お姉ちゃまのわたしのことを心配しているかも知
れない。

帰らなければ、と花世は決心した。

気がつくと、隣は、もう静かになっていた。

花世は立ち上って、入口の戸に手をかけた。

重い戸が押している中《うち》に少しずつ開き、花世はよっこらしょっと外へ出た。

小屋の中より、外のほうが明るかった。

月が上ったせいだったが、そんなことは花世には分らない。

むこうに門がみえたので、そこへ行き、くぐり戸を通った。

走り出すと、すぐ川に出た。

舟がもやっていて、岸とは板が渡されている。

むこうのほうから、人がぞろぞろと来るのに気がついて、花世は夢中で板を渡り、舟の中へかくれた。

驚いたことに、次々に舟に人が乗ってくる。

どの人も機嫌のよい声で喋っていた。

花世はすみのほうに小さくなっていたが、舟に乗って来た人々は、まるで気がつかない。

提灯の火はみな消してしまって、舟の舳《へ》先《さき》にだけ灯りがあった。

「それじゃ、参《めえ》ります」

船頭が声をかけ、舟が動き出した。

花世は肝を潰《つぶ》したが、それほど怖くなかったのは、乗っている小父さん達が、陽気に笑いながら、喋っているせいであった。

やがて、舟が止った。

「お疲れさんでござんした」

岸のほうで提灯をかかげて出迎えた何人かが、舟の人に声をかけ、

「いやいや、お世話になった」

「御苦労さん」

ぞろぞろと下りて行く。自分も下りなければ、と花世は立ち上った。

舟が揺れて怖い。

「おい、なにか乗ってるぜ」

「犬じゃねえか」

犬じゃない、と花世は提灯のほうへ顔をのばした。

船頭が花世の傍へ来た。

「お前、いってえ、どこから……」

とたんに花世は悲しくなった。なにかいおうとすると涙がこぼれる。

誰かが花世を抱き上げた。

「泣くんじゃない。家へ送ってやるからな。おい、背中につかまれよ」

しがみついた背中は大きくて、温かくて、とうたまのようだと思ったとたんに、花世

は安心した。それでもぐしゅっ、ぐしゅっと泣きじゃくりは止らない。

「若親分、いってえ、どこの子ですかね、けっこういい身なりをしてますぜ」

「辰、お前、この子がいつ舟に乗ったか知らなかったのか」

「全然、気がつきませんや。たまげちまったな、まったく……」

まわりの声が遠くなって、不覚にも花世は誰かの背中で泣き寝入りに寝込んでしまった。

三

花世が目ざめたのは布団の中であった。

目を開けると、のぞいて来た人の顔にぶつかった。

髭がもじゃもじゃの大きな顔である。

「お嬢ちゃん、目がさめたかね」

髭もじゃもじゃが、優しい声でいった。

「お嬢ちゃんは、小父さんちの舟に乗っていたんだよ」

頭の中がはっきりして、花世は起き上った。

髭もじゃもじゃの隣に、もう一人、とうたまより少し若い男の人がいる。

「あんた、家はどこだ。名前は……」

髭もじゃもじゃが制した。

「そんなにいっぺんに訊くもんじゃない。びっくりしているじゃないか」

「親父の髭にびっくりしているんじゃないかな」

花世は気をとり直した。

「名前は、はなよ、といいまちゅ」

「おはなちゃんか」

若いほうが笑った。

「おはなちゃん、迷子になったんだろう」

「大きな声を出すな」

髭もじゃもじゃがたしなめた。

「家はわかるかな。おはなちゃん」

「やしきは……」

「やしきだとさ」

若いほうが父親にいった。

「やしきって、屋敷だろう。この子、侍の子だよ」

「若親分」

部屋へもう一人の男が入って来た。

「女の子だから甘いものがいいって、饅頭《まんじゅう》買って来ましたが……」

「こっちへよこせ」

包を開けて花世の前へさし出した。

「饅頭、食うかい」

ちょっと考えて、花世が答えた。

「知らないおうちでは、頂きません」

「若親分」

可笑《おか》しそうに、男がいった。

「やっぱり、番屋へ届けたほうが……」

髭もじゃもじゃが、そっと花世にいった。

「うちの……屋敷の人の名前は知らないかね」

花世の口が自然に動いた。

「とうたまのおうちへ……」

行くところだったというつもりであった。

「とうたまって、なんだ」

若親分が訊いた。

「とうたまは、わか……わかせんせい」

「わかせんせい……」

「そうでちゅ、とうたまは、わかせんせいでちゅ」

「親父」

若親分がいった。

「若先生ってえと、ひょっとして長助親分が出入りしてる八丁堀の……」

花世が勢いづいた。

「ちょうすけおやぶん……おそばやの小父たん」

「そうだよ。この子、若先生の子だ」

髭もじゃもじゃが、花世を抱き上げた。

「お嬢ちゃん、心配することはない、今、送ってあげるからな」

髭もじゃもじゃは大男であった。

若い頃は相撲取りを志したことがある。

大男が花世を抱き、悴と若い者を従えて行くと、門前町の人々が店の前まで出て来た。

「永代《えいたい》の元締《もとじめ》じゃないか」

「なにか、あったのかねえ」

「あの女の子は、なんだい」

ぞろぞろあとからついて来る野次馬もあって、長寿庵の近くまで来た時には、かなりの人数になっていた。

その時、長助は、ひと晩中、本所深川を歩き廻った宗太郎と東吾に、とにかく一休みしてもらおうと店の前へ来たところであった。

「ありゃあ、永代の文吾兵衛に、悴の小文吾ですが、いってえ、なにが……」

宗太郎と東吾が同時に走り出していた。

「花世……」

「花坊……」

「そうたま、とうたま」

花世がもがいて、髭もじゃもじゃの腕からすべり下りた。

宗太郎がその花世を抱き上げ、長助がころがるようにとんで来た。

「永代の元締」

「やっぱり、若先生の娘さんでしたか。昨夜、迷子さんになっていて……」

宗太郎が花世を下した。横抱きにしたと思うと、お尻を二つ、凄い勢いでひっぱたいた。

「なにをなさる」

宗太郎に髭もじゃもじゃが食ってかかった。

「こんな小さな子を、なぐるというのは……」

だが、花世は泣かなかった。

父親の手をはなれると、地にすわって両手を突いた。

「そうたま、とうたま、ごめんなさい」

「かわいそうじゃねえか」

若親分が泣きそうな声で叫んだ。

「こんなちっちゃい子が、迷子になったからって……」

宗太郎が改めて、永代の元締父子に頭を下げた。

「御厄介をおかけしました。おかげで、娘が無事で……このとおりでござる。なんとお礼を申し上げてよいか、言葉もございません」

「こちらは本所の麻生様のお医者の先生じゃございませんか」

髭もじゃもじゃの文吾兵衛が宗太郎にいった。

「御身分のある方なのに、貧乏人まで面倒をみて下さる。本所深川のものは、どんなに助かっているかわかりませんので……」

まあまあ、道ばたでなんですから、と長助がみんなを長寿庵へ案内し、そこで改めて宗太郎と東吾が事情を訊いた。

「実は、昨夜遅くに、あっしどもの若えのが、客を迎えに、亀戸《かめいど》村の五百羅漢寺の近くまで参りました。客を舟に乗せまして永代の、亀久橋のところへ着けましたんですが、その舟の中に、こちらのお嬢ちゃんが居なすって……悴がおぶって家までお連れする中《うち》に、疲れていなすったのか、ぐっすりねむっておしまいで……朝になってからお話をうかがいますと、若先生のお嬢さんだってえことがわかりまして……」

東吾が困ったように弁解した。

「いや、花坊の父は、麻生宗太郎で……」

とうたまの意味を説明されて、文吾兵衛が苦笑した。

「成程、左様でございましたか。なんにしても、御無事でようございました」

やがて、文吾兵衛父子は帰った。

「本所深川の盛り場や岡場所を取りしきっている元締でございます。永代の文吾兵衛と申しますと、江戸中の博打《ばくち》打ちが一目も二目もおいている大親分でして……」

長助がいうまでもなく、東吾もその名前だけは、畝源三郎から聞いたことがある。

「花坊は、大変な親分の所へ草鞋《わらじ》を脱いだもんだ」

その花世は、長助の悴が作った蕎麦を旨そうに食べている。

「お前のおかげでお父様は寿命を縮めたぞ。お父様だけじゃない。東吾の小父様も、長助親分も昨夜はまるで寝ていないで、お前を探し廻ったんだ。かわせみのかあすけたんもおおきいたんも、みんなお前のことを心配して……」

宗太郎が声をつまらせ、

「もう、いいじゃないか、本所の屋敷も、かわせみも、長助の所の若い衆が知らせに行っている。みんな、ほっとしているよ」

東吾が、若い父親をなだめた。

蕎麦を腹一杯食べて、すっかり元気になった花世を連れて、宗太郎に東吾、それに、なんとなく長助もお供をして麻生家へ向った。

「考えてみりゃ、俺が悪かった。長雨のせいで、迎えに行けなくて……」

花世がしびれを切らすのも無理はない、といいながら、東吾がふと、長助にいった。

「永代の元締だが、昨夜遅く、客を迎えに若い者が行ったというのは、おそらく賭場《とば》だろうな」

長助が苦笑した。

「まあ、間違いはございません。深川の大店《おおだな》の主人達で、賭事の好きな連中が、あそこの元締の世話で、適当な賭場へ出入りをしているのは知って居ります」

無論、御法度《ごはっと》だが、

「遊び程度で、大きな怪我が出ないなら、目をつぶってやれと畝の旦那からもいわれて居りますんで……」

博打打ちの中には、素人泣かせの無法者もいるが、

「永代の元締はもののわかった、しっかりした男でございまして、子分の躾《しつけ》もよく出来て居ります」

悴の小文吾の評判も悪くないといった。

「賭場は、武家屋敷か」

「昨夜は、そうでございましょう、五百羅漢寺の近くですと榊原様の下屋敷で……」

比較的、大人しい賭場らしい。

「いかさまなんぞもございませんし、素人衆が遊びに行っても、大丈夫と聞いて居ります」

「賭場からの帰りとなると、早くて九ツ（午前零時）だろう」

深夜である。

「花坊は、ずっと舟の中にいたのか」

父親におぶさっている花世に訊《き》いた。

「お舟の所にいたら、人が来たの」

「舟の傍にいた……」

「その前は、知らないお家《うち》……」

「舟の近くか」

「そう」

「どうして、そんな所へ行ったんだ」

「人について行ったの」

「人……男か」

「ええ」

「どうして……」

「人が来なくて、さびしかったから……」

「そいつが、ついて来いといったのか」

「お手々をひいてくれたの」

「どんな家だった」

「暗いの。子供がいて……」

「子供……」

「みんな、泣いたら……うれのこりをくれたの」

「うれのこり……」

「おおきいたんが作ったでちょ。甘い、おにぎり……」

「お稲荷さんか、油あげで飯を包んだ……」

「東吾さん」

それまで東吾と花世の問答に耳をすませていた宗太郎がいった。

「稲荷ずしを、売れ残りといったんですね」

「とすると、お稲荷さんを売る……」

江戸の町を、

「お稲荷さん」

と呼びながら売って歩く行商人の家だろうかと思う。

「榊原様の下屋敷のあたりは寺と畑地で、町屋はございませんが……」

長助が口をはさんだ。

「花世……」

宗太郎が訊いた。

「その家は、どんなふうだった」

「暗いの」

「暗いのはわかった」

「お隣に人がいて、お話をしていて……」

「花世のいたところは暗かったのか」

「そう、まっ暗」

「そこに、小さい子がいたんだな」

「そう……」

「大勢いたのか」

「男の子もいたの。女の子もいたの。みんな、たくさん……」

「お稲荷さんを食べて、花世はどうした」

「お家へ帰った」

「一人で戸をあけてか」

「そう……」

「誰も追いかけて来なかったんだな」

「そう」

「東吾さん、これから、そこへ行ってみましょうか」

と宗太郎がいったが、東吾は考え深く首を振った。

「いや、花坊を連れて行かないほうがいい。宗太郎は屋敷へ帰れ。俺と長助でみて来る」

小名木川の手前で別れた。

長助に命じて、笠を二つ買った。

日よけのためだが、顔をかくすのが本当の目的でもある。

舟は、長助が声をかけて用意させた。

竿をさすのは、長助の配下である。

小名木川を上った。

高橋《たかばし》を過ぎ、新高橋まで両岸は殆ど大名の下屋敷であった。

新高橋の先で大横川と交差する。

更に進むと、暫くは大名家の塀ばかりだが、五本松を過ぎると猿江町と深川大島町の町家が見え、その対岸は百姓地になった。

八右衛門新田と呼ばれている田圃で、田植の終った水田に初夏の陽がさしている。

間もなく横十間《よこじっけん》川とぶつかった。

「榊原様の下屋敷は、もう少し先で……」

そのまま、小名木川を行き舟着場へ寄せた。

あたりは見渡す限りの田畑で、ぽつんぽつんと武家地があるらしいが、人通りはまるでない。

長助と舟を下りて、榊原家の下屋敷の前を行く。

どこの大名家もそうだが、下屋敷というのは地所の広い割に留守番はごく少人数だから、外からはまるで無人の屋敷のようである。

「花坊が、舟のところへ来た時、この屋敷から賭場帰りの連中が出て来れば、舟へ逃げ込むしかないな」

それにしても、花世はどこから来たのか。

榊原家の隣は畑地であった。

その先のほうに五百羅漢寺の森が見える。

「あれは、なんだ」

羅漢寺の手前に塀をめぐらした家があった。

近づいてみると、かなり古い。

門は傾いているし、塀はこわれかけている。

ぐるりと道を廻って、大島町へ出た。

名主の家へ寄って訊いてみると、

「あそこは、以前、蔵前の札差の隠居所でしたが、本家が潰《つぶ》れてしまって、もう十数年も人が住んで居りません。時々、宿なしなんぞが入り込むようで、とりこわしてくれるとよいとは思って居りますが……」

何分、個人の持ち物なので、ということであった。

もう一度、その界隈を廻ってみたが、どうも、花世のいったのは、その廃屋らしいと見当をつけたところで、東吾は長助の配下を見張りに残して、深川へひき返した。

畝源三郎に相談しようと考えたからである。

その日、長助の話だと、源三郎は町廻りで暮れ方には本所から深川へ入って来るときいている。

長寿庵の近くまで来ると、本所のほうから宗太郎が走って来た。

「花世から、とんでもないことを聞きましたよ。かわせみへ知らせに行くところで……」

てっきり、もう東吾は「かわせみ」へ帰ったと思ったという。

「子供のいうことですから、しかとはわかりませんが、明日の夜、舟が来るといっていたそうなのです」

「明日の夜……」

ということは、今夜であった。

「昨夜、花世を探していた時、長助親分が子さらいの話をしたでしょう」

もしかすると、花世も子さらいに連れて行かれたのではないかと、随分、心配した。

「花世は人みしりをしない子ですが、手をひいて行って、いきなり暗いところへ入れられたというのは、ちょっと変です」

しかも、そこには、何人かの子供がいて、泣いたら、売れ残りの稲荷ずしを食わせてもらった。

「よし、源さんを待とう」

その夜、畝源三郎の指揮する町方が、五百羅漢寺の隣の廃屋の周囲に張り込んだ。

深夜、舟が来て、男達が子供をひっぱり出して、舟にのせようとするところを一網打尽にした。

中一日おいて、畝源三郎が「かわせみ」へ報告に来た。

「やっぱり、子さらいは奴らの仕業でした」

一味は四人で、その中には稲荷ずし売りの行商人もいた。

「まあ、小悪党といいますか、金になることなら、大抵のことはやってのける連中なのですが……」

子供をさらったのは、横浜の異人館へ連れて行くと大金を出して買ってくれるという噂があったからだといった。

「唐人が、子供の生き肝を抜いて、不老長寿の薬を作るというんだそうで、横浜のほうを調べてきましたが、全く、根も葉もない。いったい、誰がそんな馬鹿げた噂を流したのか。むこうの役人も驚いていました」

とにかく、子供達はみな親許へ帰ったし、悪党達はそれまでの悪事もひっくるめて、島流しになるという。

「ところで、お上から少々ですが、御褒美の金が出ましたので……」

今度の捕物に活躍した長助とその配下の若い連中に分けたが、

「一番のお手柄は花世ちゃんだと長助が申しまして、横浜で土産を買って来ました」

異国の少女が持つ、手さげだといい、ビロウドの袋に花飾りのついたのを、源三郎は大切そうに、るいに渡した。

「こちらへ、花世ちゃんが遊びに来た時にでも、お渡し下さい」

以来、花世は大いばりで「かわせみ」へやって来る。

一人で屋敷を出、赤いビロウドの袋を下げ、大川沿いの道を歩いて、永代橋を渡る。

「かわせみ」へ好きな時に入って来る花世の背後には、必ず、髭もじゃもじゃの永代の元締の、若親分か、その子分が、

「ええ、元締の申しつけで、花世お嬢さんがお通りになったら、そっとお供をして行くようにと……」

丁寧に挨拶して、そそくさと帰って行く。

「るい、俺は心配だよ。花坊の奴、どう考えても、本所深川の女親分みてえじゃないか」

東吾は途方に暮れていたが、るいは花世に約束した人形の着物作りに余念がなく、「かわせみ」の誰もが、にやにやしていて相手にならない。

そして、今日も、

「とうたま、花世がまいりまちた」

颯爽《さっそう》と、小さな女親分が子分を従えて「かわせみ」の暖簾《のれん》をくぐって入って来た。

残月《ざんげつ》

一

ここ三日、江戸は雨であった。

夏の名残りを洗い流すようなどしゃ降りで、夜になると肌寒い感じがする。

「雨が上ったら、早速、簀戸《すど》を障子に代えませんと……」

今年の夏は残暑がきびしくて、つい、秋の仕度が遅くなった「かわせみ」で、女中頭のお吉がしきりに空模様を気にしているところへ、尻っぱしょりに草鞋《わらじ》ばきといった恰好の、深川長寿庵の長助が、背中まで泥跳《はね》を上げてとび込んで来た。

「只今、畝の旦那がおみえになりますんですが、その……空いてる部屋があるかどうかと気になすっておいでなもんで……」

一足先に訊《き》きに来たという。

「空いてる部屋っていうと、どなたかお客をお連れなのかね」

帳場にいた嘉助が訊くと、

「へえ、その、ちょいとわけありの女の客なんですが……」

珍しく、長助が口ごもった。

「わけありって、まさか、畝の旦那のいい人ってんじゃないでしょうね」

お吉が笑いながら、若い衆にすすぎの用意をさせているところへ、当の畝源三郎が番傘をつぼめながら暖簾《のれん》をくぐった。その背後に、裾を高くはしょった女が、どことなく顔をそむけるようにして軒端《のきば》に立っている。

「旦那、お部屋はございます。どうぞ、お上りなすって……」

嘉助が声をかけ、源三郎が女にいった。

「かまわぬから、入りなさい」

源三郎と長助、それに連れの女がすすぎをすませたところへ、奥から神林東吾とるいが出てきた。お吉が知らせたものである。

「どうした、源さん」

女をちらとみて、東吾が微笑し、

「御在宅でしたか」

源三郎が嬉しそうな顔をした。

「だしぬけですみませんが、この人を部屋へ案内してくれませんか」

お吉が心得て女をうながし、女は源三郎に会釈をして階段を上って行った。小ざっぱりした木綿物を着た肩が細い。

女が洗い髪であることに、るいは気づいた。毛先のほうを手拭でまとめて結んであるが、まだ、しっとりと濡れて光ってみえる。

「途中で湯屋へ寄って、着替えをさせて来ましたので……」

るいの視線に源三郎が説明した。

「実は、島帰りでして……」

源三郎の声が小さくなり、東吾がいつもの屈託のない調子で応じた。

「源さん、帳場で立ち話でもないだろう」

ぞろぞろと居間へ通ってから、改めて源三郎が話し出した。

「毎度、御厄介をおかけして申しわけありませんが、二十年ぶりに江戸の土を踏んで、落ち着く先もないというのでは、まことに不愍《ふびん》と存じまして……」

東吾が少しばかり驚いた顔をした。

「二十年も島にいたというのは、人殺しか」

重く、源三郎がうなずいた。

「それに、二十年前というと、俺も源さんもまだ小僧っ子の年だ」

「手前の父の頃のことなのです」

ちらと源三郎がそっちを眺め、すみにひかえていた長助が膝を進めた。

「あっしが、御先代の畝の旦那から御手札を頂戴したばかりの年でして……」

堅気の蕎麦屋の跡取りに生まれながら、若い時から捕物好きで、町内の道場へ入りびたって剣術の稽古をするやら、近所の岡っ引から捕縄のかけ方を教えてもらうやら。

「危く、親から勘当されそこなっていたあっしに声をかけて下さったのが、御先代の畝の旦那でございました」

源三郎の父親も亦《また》、代々の町同心であった。

「どっちみち、腕自慢がしたいなら、少しでも、世の中の役に立つように、その代り、弱い者いじめはまかりならねえ、とおっしゃって、親父に話をつけて下さいました。昼は旦那のお供をして町廻り、夜は稼業の蕎麦屋の修業をするってえことで……」

珍しく長助の昔話が出て、酒の仕度をして来たお吉までが、しんみり耳を傾けた。

「おきたが事件を起したのは、あっしが御先代のお供をするようになって間もなくのことでして、まあ、あっしにとっても自分の町内の出来事ですから、月日が経っても忘れられねえで居りました」

長助が言葉を切り、源三郎が続けた。

「東吾さんにはお話ししたと思いますが、手前の父が歿《なくな》りましてから、手文庫の中に心憶えのようなものが残されて居りまして、それは自分の手がけた事件の中で、あとあと心がかりなものが書きとめてありました。おきたのことは、そこに書いてあった一つでして……」

うな感じであった。

「源さんの父上も、律義なお人だったからなあ」

少年の日の東吾が記憶している畝源三郎の父は奉行所の役人というよりも、学者のような感じであった。

家にいる時は大抵、机に向って調べものをしていた。

同心の中には、髪の結い方に凝ったり、派手な十手さばきを披露したり、出仕の時刻が比較的遅いのをよいことに、朝風呂に入ってから悠々と奉行所へ出て行く者も少なかったというのに、源三郎の父親にはそういったところが微塵《みじん》もなかった。

暮しむきは質実剛健そのもので、着るものや食べるものには贅沢をする八丁堀の中で、とかく噂になるほど質素であった。その代り、自分が手札を与えている岡っ引には面倒みがよく、その家族にまで行き届いた心くばりをしていた。

大体、岡っ引というのは、自分の縄張り内の商家へ顔出しさえすれば、必ず、いくらかの金を包んでもらえるという特権があるのだが、畝家ではそれを禁じ、その代り、月々、充分な手当を身銭を切って与えていた。

そうした父親の気風は、そのまま、悴《せがれ》の源三郎にも受け継がれている。

「ところで、おきたってのは、なにをやらかしたんだ」

思い出したように盃を取り上げて東吾が訊いた。

「人殺しをするような、あばずれには見えなかったが……」

しかし、遠島になって御赦免になるまで二十年というのは、なまじっかの罪とも思えない。

「実は、その、人殺しなのですが……」

低く、源三郎が答えた。

「相手は、向島に住んで居りました五郎三と申す隠居でして……」

「そいつを殺した理由は……」

「わからないのです」

当惑した表情で源三郎が続けた。

「当人は、悪い奴だったから殺したと、申し立てたようですが……」

東吾をはじめ、そこにいた者達がそっと顔を見合せた。

「五郎三という隠居が悪い奴だったから殺したというんだな」

「左様です」

「悪い奴だったのか」

いえ、と声に出したのは長助である。

「それが、本所深川にまで名の知れた有徳人《うとくじん》でしたんで……」

もともとは品川のほうの廻船問屋の主人だったが、女房に先立たれ、子供もないことで、店を番頭にゆずり、自分は向島に隠居所をかまえて念仏三昧《ざんまい》の日を送っていたのだという。

「なんですか、三人いた子供がみんな若死しちまったそうで、女房子への供養だってんで毎月、五の日には貧乏人にほどこしをしたり、子供に菓子をくばったりしていました。その隠居が殺されたってんで、本所深川は大さわぎ、野辺送りには大勢がわあわあ泣きながらついて行く始末で……」

その時の光景を思い出したのか、長助は憮然として、お吉が茶碗に注いでくれた酒を飲んだ。

「有徳人だからって、あてには出来ませんよ。そういう人に限って、かげでは女たらしの狒々《ひひ》爺《じじ》いだったりして……」

お吉の言葉に、長助がぼんのくぼに手をやった。

「ですが、五郎三は隠居する前に大病をして、そっちのほうは、からきし駄目になっちまってると、医者がいうんでさ」

源三郎がうなずいた。

「父も、その点はだいぶ調べたらしいのですが、おきたも別に、自分が手ごめにされかけて、というようなことは申さなかったようです。それに、五郎三の殺されていた場所が、隠居所の裏庭の井戸端でして……」

あり得ないことではないかも知れないが、白昼の井戸端で、初老の隠居が女に乱暴を働くというのは、どうも不自然である。

「おきたは、なんで、五郎三の所へ行ったんだ」

と東吾。

「それも、はっきりしないのです」

長助も源三郎に同意した。

「お調べでは、たまたま通りかかったっていっていまして……」

「そりゃ怪訝《おか》しいですよ」

お吉が口をとがらせた。

「たまたま通りかかって、悪い奴だから殺したなんて……そんないいわけは子供にだって通用しません」

源三郎が、つい、苦笑した。

「その通りなのですが……とにかく、どう調べても、おきたがそれ以上のことをいわなかったので、父もほとほと困り果てたようです」

理由もない人殺しは死罪が普通だが、吟味方が、なにか口に出せない理由があったのではないかと酌量して、結局、島送りとなった。

「それにしても、おきたさんはどういう家の人なんですか。二十年ぶりに江戸へ帰って来たというのに、お迎えの人もなかったというのは……」

るいが小首をかしげたのは、御赦免になって江戸へ帰って来ると決ると、その旨をお上から家族へ知らせてやるもので、大方は係の役人に頼んで、島からの舟が到着したら、使をもらいたいとあらかじめいくばくかの金を摑ませておくというのを聞いていたからである。

おきたを迎えに行ったのは畝源三郎であり、長助であった。

「かわせみ」へ伴って来たところから察しても、とりあえず帰って行く家はなさそうであった。

「おきたの親の家は五年前の火事で焼けちまいまして……」

長助が情なさそうに告げた。

「深川佐賀町の相模屋という木綿問屋がおきたの生まれた家でしたが、両親も弟も、逃げおくれて死んじまいまして……」

お吉が大きな嘆息をついた。

「他に、たよりになる親類もないんですかね」

「親類じゃねえんですが、嫁入り先はあるんです。ただ、そこはおきたが罪人と決って離縁状を出しまして……縁はねえことになっていますんで……」

「どこなんです、それは……」

「佐賀町の近江屋で……ですが、おきたの亭主だった吉太郎ってのも、もう歿って居りますんで……」

「それじゃ、身よりたよりはまるでないんですか」

源三郎が頭を下げた。

「おきたの今後については、手前も長助ともども、骨を折るつもりでいます。落ち着く先が決るまで、御厄介ですが……」

るいが、いつもの女長兵衛の顔でさわやかに引き受けた。

「よろしゅうございますとも。かわせみが、畝様のお頼みをお断りしたことがございますかしら」

「かたじけない。何分、よろしくお願い申します」

源三郎が長助と帰り、東吾は早速、箪笥《たんす》を開けて自分の着物の中から、おきたに着られそうなものをえらび出しているるいに笑いかけた。

「全く、この宿屋はどうかしているぜ。島帰りの客人をあっさり引き受けちまうんだからな」

「でも、お気の毒じゃありませんか」

「どこの宿屋だって、人殺しときいただけで木戸を突くよ」

「だから、畝様はうちへお連れになったんでしょう」

「全く、あいつのお人よしには困ったもんだ」

しかし、東吾はおきたという女に興味を持った。

源三郎と長助の話を聞いた限りでは、おきたの殺人には謎が多すぎる。

「源さんの奴、親父が解けなかった謎を解く気かも知れないな」

それならそれで片棒をかついでやってもいいと思いながら、東吾は庭を眺めた。

雨はまだ降り続いていて、大川の上がぼんやり霧で煙ってみえる。舟が往くのか、櫓《ろ》の音がくすんで聞えた。

二

「かわせみ」の連中が見る限り、おきたという女は、まことに神妙であった。

長い島暮しのせいだろう、痩せてひきしまった体つきは、四十を二つ、三つ出たという年からすると、やや老けているものの、目鼻立ちのはっきりした容貌には、若い時はさぞかし男がさわいだだろうと思わせる色香の名残りがある。

が、口数は極端なほど少く、外へ出かける気もないようであった。

せめて、肌につくものぐらいは新しく、とるいが晒《さら》し木綿を買って来て、

「これで肌襦袢でもお作りなさいまし」

というと、喜んで針を手にした。

で、二、三日すると、

「遊んでいるのもなんですから、もし、縫い直しのような仕事がございましたら……」

と申し出たので、奉公人のお仕着せの縫い直しを頼むと、素人くさい針運びながら、しっかりと仕上げて来た。

「これなら、近所の仕事をもらって上げられるので、その気になって働きませんか」

とお吉が勧め、当人がうなずいて、そうなると面倒みのよい「かわせみ」のことなので、近所の商家に声をかけて仕立物をもらって来た。

ちょうど、冬物の仕度をする季節ではあり、頼み手はけっこうある。

それにしても「かわせみ」の連中が驚いたのは、おきたが島から帰って来て「かわせみ」の二階へ落ち着いて以来、訪ねて来る人が全くなかったことであった。

「御親類もないんですかねえ。親御さんの店が焼けて潰《つぶ》れちまったにせよ、昔の奉公人なんかで、噂をきいて慰めに来る者がいてもよさそうなものですけど……」

お吉はしきりに首をかしげていたが、番頭の嘉助のほうは、

「世間なんてのは、そういうもんさ。十年一昔というのが、二十年も経っているんだ。おまけに人を殺したとなると、誰も喜んでつき合おうとは思わねえよ」

という。

「でも、罪の償いはすんでいるんですよ」

毎日、顔をつき合せ、少いながらも言葉をかわしているお吉はおきたという女に情が湧いて来たらしく、なにかと親切に面倒をみている。

その日、東吾は講武所の稽古を終えた帰りに、足を伸ばして深川の長寿庵まで出かけた。

お吉に頼まれたわけではなかったが、長助に会って、おきたという女のことを、もう少し訊いてみたいと考えたからであった。

長助は店にいたが、

「おきたの親の家のあった辺りを歩いてみたいんだが……」

といった東吾に、すぐ承知して外へ出た。

深川佐賀町は永代橋の橋ぎわから大川沿いに仙台堀まで横に長く広がっている。

「おきたの生まれた家は、この辺りでして」

長助が教えたのは、南部美濃守の下屋敷に隣接するところで、今は吉野屋という酒問屋の蔵が建っている。

「あの時の火事は大川のほうから燃えて来まして、風が西から吹きつけて、ここらはあっという間に火の海になってしまったようです」

おきたの両親と弟の幸之助の焼死体のあった所は、南部家の高い土塀が行き止りになっている袋小路で、

「火に追いつめられたってことでござんしょう」

長助が声を落した。

「奉公人も焼け死んだのか」

東吾が訊き、

「へえ、手代が二人、商売の用事で川越と佐野のほうへ行って居りましたのが助かりましたが、あとは番頭や小僧まで……なにしろ南部様の下屋敷の土塀の下に焼死人が山になって居りましたくらいで……」

たしかに、その土塀は高かった。

もともと、崖になっている上に築かれていて、屋敷にとっては屈強の火除けになろうが、火に追いつめられた人々は、地獄の釜の底に閉じこめられたようなものである。

「店が焼けて、主人夫婦も悴も死んじまったとなると、相模屋を建て直すのは無理だったろうが、多少なりとも資産のようなものは残らなかったのか」

東吾の問いに、長助がかぶりを振った。

「ここの地所はもともと吉野屋から借りていたそうですし、少々の売掛金があったとしても、番頭も死に、帳簿なんぞも持ち出せませんで……」

仮に相模屋に借金のあった者でも、正直に名乗って出て金を払う者はまずあるまいと長助はいう。

「せめて、おきたが江戸にいたら、また、話は別だったかも知れませんが……」

生き残った相模屋の娘は、いつ帰って来るか知れない流刑《るけい》の身であった。

「なるほどなあ」

袋小路を出て佐賀町を抜け、掘割にかかっている下之橋を渡った。

同じ佐賀町だが、今まで歩いてきた佐賀町よりも家並が古い。

「こっちは焼けなかったのか」

「へえ、皮肉なもんでございます。僅か一間足らずの掘割が火除けになりましたようで……」

佐賀町の中にはもう一つ掘割があって、そこにある橋が中之橋、そして、佐賀町が終る仙台堀に出て上之橋を渡る。

「向島の、五郎三という隠居の家は、まだあるのか」

おきたが殺したという隠居の住居である。

「へえ、長らく無人になって居りましたが、近頃はとんと、そっちのほうへ参りませんでしたので……」

長助が先に立って、仙台堀の船宿から舟を出させた。

本所深川は水路の町で、なまじ陸を行くより猪牙《ちよき》が便利である。

仙台堀から横川へ出て業平《なりひら》橋の下をくぐってから小梅村で舟を下りた。

見渡す限り田と畑の続くむこうに常泉寺の屋根がみえる。

長助が案内したのは、常泉寺の東側にある廃屋であった。

以前は瀟洒《しようしや》な隠居所だったと長助がいう、その建物は長年、風雨にさらされて、屋根は傾き、柱は朽ちかけていた。

かなり広い庭も、草が伸び放題である。

「ああ、ここでございますよ」

長助が指したところに井戸があった。

釣瓶《つるべ》はこわれて居り、近頃、水を汲んだ様子もない。

「隠居は、井戸端にもたれかかるようにして死んで居りまして、頭から血が流れて、そりゃもう、凄い死にざまでして……」

凶器の鍬《くわ》は、井戸端の近くにころがっていた。

「おきたは、その……すわり込んで居りました」

長助がそこからみえる家をふりむいた。

「待ってくれ」

井戸端に立って、東吾は長助を制した。

「長助親分は、どうして、五郎三がおきたに殺されたのを知ったんだ」

「それはその……」

長助が遠くをみるようなまなざしで空を仰いだ。

「あの時は、御先代の畝の旦那と、吾妻橋の本所側の袂《たもと》にいたんでさ。たしか、駕籠屋《かごや》同士の喧嘩がありまして……」

奉公人が駕籠を呼びに行き戻って来たら、気の短い主人が別の駕籠屋に声をかけて乗ってしまった。

「そいつが、吾妻橋のところでばったり行き合ったもんですから、呼ばれて来たほうが、客をとったの、馬鹿にするな、なんのと、まあ言葉のはずみでなぐり合いになりまして」

橋番がちょうど町廻りの途中だった長助に声をかけ、

「畝の旦那に御厄介をおかけしたんですが」

そこへ、人殺しの知らせが来た。

「誰が、知らせた」

「へえ、五郎三の隠居所の女中で、名前は、たしか、およねでございました。えらく泡をくって居りまして、いうこともしどろもどろで、とにかく行ってみようと旦那がおっしゃったので、およねを追い立てるようにしてここへ参りました」

その時、長助のみた状態が、五郎三は井戸端で鍬でなぐり殺されて居り、下手人のおきたは縁側にぼんやりすわり込んでいたのだというのであった。

「おきたは、自分が五郎三をやったと白状したのか」

「そうなんで……旦那とあっしが庭へ入って行きますと、立ち上りまして、お手数をおかけ致します、と、そんなふうなことを申しました」

「お手数をおかけ申します、といったのか」

「左様です。旦那が、この者をあやめたのは其方かとおっしゃると、神妙にうなずきまして、それであっしがお縄にしたんですが、どうも拍子抜けといった感じでございました」

番屋へ曳いて行って、もう一度、調べたが、おきたはしっかりした口調で、間違いなく五郎三を殺したのは自分だといった。

「ですが、そのあとがいけませんや。肝腎の殺す理由が、どうもはっきりしませんで……」

「女中は、およねはなんといったのだ。おきたがなんで五郎三の所へ来たのか……」

「およねは知らねえと申して居りました。家の中で片付けものをしていて、いつ、おきたが来たのか、まるで気がつかねえと……」

叫び声を聞いて庭のほうへ行ってみたら、

「隠居が殺されていたと申しました」

「およねは、おきたを知っていたのか」

「いえ、ですが、あっしは同じ町内で、おきたを知っていましたから……」

井戸のへりから東吾が離れた。

「その、およねという女中、今、どこにいるかわからないか」

「お会いになりてえとおっしゃるので……」

「出来ることなら……」

「よろしゅうございます。あっしが明日にでも品川へ行って参ります」

五郎三は隠居するまで、品川の廻船問屋の主人であった。おそらく、女中はその頃からの奉公人だろうと長助はいう。

来た時と同じように草をかき分けて表へ出た。陽が暮れかけている。

夕闇の中でみる廃屋はまるでお化け屋敷のようであった。

三

長助と別れて、東吾が大川端の「かわせみ」へ戻って来ると、表に町駕籠がとまっていた。駕籠かきがしゃがんで煙草を吸っている。

「かわせみ」へ客を送って来て、用事のすむのを待っているといった恰好であった。

それを横目にみて暖簾《のれん》をくぐると、

「お帰りなさいまし」

出迎えた嘉助が、声を落して告げた。

「おきたさんの所へ、お客でして……」

「客……」

「近江屋の女隠居だそうで……」

「近江屋というと、おきたの嫁いだ家だな」

二階から下りて来る足音がして、東吾は帳場の脇へ立った。

「これは、御隠居さん、もう、お帰りでございますか」

如才なく嘉助が挨拶し、女隠居は、

「どうも、御造作をかけました」

と応じたが、その声音《こわね》は、なにか重いものでも飲み込んだように、ぎこちなかった。

嘉助の揃えた下駄に足を下す際に、上体がよろめいて、

「危うございます」

嘉助が支えて、そのまま、外へ送り出した。

「駕籠屋さん、待たせたね」

という声が聞え、駕籠は「かわせみ」の外を豊海《とよみ》橋のほうへ去って行った。

東吾は二階を眺めた。

かつて、姑だった女が訪ねて来て、帰るというのに、おきたは送っても来ない。

「どうも、いい話で来たんじゃなさそうだな」

戻って来た嘉助に呟《つぶや》いて、東吾はるいに迎えられて居間へ入った。

着替えをしていると、お吉が来た。

「おきたさん、泣いてますよ」

客が帰ったので、茶碗を下げに行ったのだとつけ加えた。

「なにをいいに来たんでしょう。近江屋の御隠居さんは……」

二十年前、おきたが罪を犯した時に、縁は切れている。しかも、おきたの亭主だった吉太郎はすでに病死していた。

「近江屋さんの跡取りの新吉さんというのは、深川の芸者との間に出来た子なんだそうですね」

おきたが近江屋へ嫁入りする前から、吉太郎が馴染んでいた妓で、

「おきたさんが離別されたあと、その女が後妻に入ったそうですよ」

という。

「そんなこと、誰に聞いたんだ」

「おきたさんからですよ。あの人、口が重いからそれだけ聞き出すのに苦労しました」

「おきたに、子はいなかったのか」

思いついて、東吾が訊き、

「いたんですよ」

お吉が得意そうに応じた。

「女の子だそうですがね。別れた時、四つだったといいますから……」

「二十四歳か」

「逢いたいけど、逢えないって、おきたさん、涙ぐんでましたよ」

「もしかして……」

と、るいがいい出した。

「今日、近江屋の御隠居さんがみえたのは、その娘さんのことじゃありませんかしら」

殺人を犯し、島送りになった母親が江戸へ戻って来ている。

もし、娘がそれを知ったら、どう思うか、近江屋にしても気がかりに違いない。

廊下を嘉助が来た。

「只今、おきたさんが帳場へ参りまして、二、三日中に江戸を出るので、挨拶をしたいといって居りますが……」

東吾とるいが顔を見合せ、お吉が顔中を口にして抗議した。

「そんな……おきたさんは行き先が決るまで御厄介になりたいっていってましたよ」

東吾が制した。

「事情が変ったんだろう。とにかく、ここへ呼んで話を聞こう」

嘉助が戻って行って、すぐにおきたを伴って来た。

泣いたあとらしく、瞼《まぶた》が腫れている。

東吾とるいに向って両手を突き、頭を下げたが、なんといったものか、適当な言葉が出て来ない様子である。

「あんた、江戸を出るそうだが、あてがあるのか」

東吾が口を切り、おきたは顔を上げて何かいいかけたが、「かわせみ」のみんなの真剣な視線にぶつかると、力なくうなだれた。

「近江屋の隠居に、江戸を出て行けといわれたのだろう」

追いかぶせて東吾が訊《たず》ね、殆ど消え入りそうな声でおきたが応じた。

「娘の嫁入りが近いそうなんです」

「娘というと、お前の子か」

「おうのっていうんです。もう二十四にもなっちまって……深川の望潮楼っていう料亭の御主人の後妻に入ることが決ったそうです」

十五、六で嫁入りするのが当り前の時代に二十四というのは、嫁《ゆ》き遅れであった。近江屋ほどの大店《おおだな》の娘が、その年齢まで嫁に行けなかったのは、やはり、母親が人殺しという負い目のためだろうと想像がつく。

「しかし、望潮楼の主人は、おうのの母親が昔、なにをしたかを知っての上で、嫁に迎える気になったのだろう」

同じ深川の内であった。二十年の歳月は経っていても、当時の事件を知らない筈はない。

「ええ、でも、ふた昔も前のことですから、世間は忘れかけています。そこへ、あたしがのこのこ顔を出したら、わあっと評判になって……娘のためにいいわけがありません」

「でも、あなたは罪の償いはなすったんですから……」

いいかけたるいに、おきたがかすかに笑った。

「それは、人殺しなんぞをなすったことのないお方のお考えなんです」

一度、罪を犯した者は、生涯、その烙印を体に刻んだまま生きねばならない。

「だから、あたしは……」

突然、おきたの声が狂った。それまでの何事もあきらめたような淡々とした語りくちが変って、眼が思いつめたように光った。

おきたが何かをいう、と東吾は感じた。今まで、ひたかくしにかくしていた何かを、明らかに口走りそうになっている。

しかし、それは一瞬のことであった。

おきたの表情から生気が消えた。声も亦、それまでの低く、なげやりな調子に戻った。

「近江屋からお金をもらったんです。暫《しばら》く箱根へでも湯治に行って、それから先はまた考えます」

旅仕度もあるので、あと二日ほど泊めてもらいたいといい、おきたは百両の金をるいにあずけて、自分の部屋へ帰った。

「百両は、ちっと多いと思わないか」

夫婦二人になって、東吾がるいにいった。

「近江屋の女隠居は、おきたの産んだ娘を随分、可愛がっていたんだろうな。だからこそ、その縁談に支障が出ねえように、母親を江戸から遠ざけようとした。そいつはわかるが、百両というのは、馬鹿にならない大金だぜ」

るいはうなずいたが、口から出たのは、別のことであった。

「近江屋さんの御隠居は、どうして今頃、おきたさんに会いに来たんでしょうね」

おそらく、おきたが御赦免になって江戸へ帰ったことは、町役人《ちょうやくにん》を通じて、近江屋へもひそかに知らされただろうと、るいはいう。

「おきたさんの実家は死に絶えてしまって、血の続いている人といえば、近江屋さんへ残して来た娘さんだけなんですから、当然、お上のお知らせも近江屋さんへ行くのでしょうから……」

そういうところは、流石《さすが》に昔、定廻り同心の娘だけあって、よくわかっていると、東吾は、恋女房の話を聞いていた。

「もし、近江屋の御隠居が百両のお金を渡すほど、おきたさんのことを気にかけてお出でだったら、もっと早くに会いに来ると思いませんか」

おきたが江戸へ帰って来て、すでに七日が過ぎていた。

「おきたさんはここへ来て以来、一度も外へ出ていません。娘のおうのさんに会いに行ってもいないんです。それなのに、何故……」

「町役人の口から、おきたが帰って来たことが噂になって深川中に広まり出しているのかも知れないな」

「それにしても、なんだか合点が行きません」

「おきたが島送りになった時、おうのは四つか、母親の顔を憶えているだろうかね」

「どんな娘さんに育っているんでしょう。おきたさんも、せめて一目、顔をみたいと思っていなさるでしょうに……」

が、島帰りの母親が、娘に会うのがいいことかどうか、判断はむずかしかった。

四

旅仕度をするといったおきただったが、翌日も外出する様子はなく、ただ、お吉が頼まれて来た仕立物をせっせと縫っている。

「無理をしなくていいんですよ。あとはうちの連中にやらせますから……」

とお吉はいったが、

「いえ、旅に出ればなにかと入用も多いでしょうから、手間賃を稼がせて頂きます」

おきたはもっともらしく答えたという。

「あの人、百両のお金のことを忘れちまったみたいなふうですよ」

なにも、僅かな仕立代をあてにしなくともよさそうなものを、と、お吉は首をひねっている。

「第一、島にいた時も、実家から流人船が来る度に、お役人にことづけて、お金だの、なんだの送ってもらっていたんですって。親御さんが歿るまで、毎年、必ず、仕送りがあって、そのお金も島では使いようがなかったから、そっくり手つかずで持って帰って来たみたいなことをいってましたし……」

島ではもっぱら黄八丈の織り子として働いて来たのだと、お吉は相変らず聞き上手におきたから話を引き出している。

品川へ出かけた長助は夕方「かわせみ」へやって来た。

「およねの居所が知れました」

なんのことはない、深川とは目と鼻の先の中ノ郷村に実家があるという。

「実家の傍に地所を買って家を建て、聟《むこ》さんをもらって暮しているって話でして……」

「中ノ郷村か……」

空を眺めて東吾がいった。

「品川まで一日旅のあげくにすまないが、これから行ってみようと思うが……」

明日、おきたは「かわせみ」を発つ。その前に、どうしても二十年前の殺人の真相を解いてみたいと東吾は焦っていた。

殺された五郎三の隠居所に奉公していて、事件の第一目撃者だったおよねが、或いは何かを知っているのではないか。

「よろしゅうございますとも、若先生がおっしゃらなくとも、あっしはこれから中ノ郷村まで行って、およねが間違いなくそこに住んでいるか、他《よそ》ながらでも見ておこうと思って居りましたんで……」

暮れなずむ空の下を、東吾は長助と永代橋ぎわから猪牙《ちょき》に乗った。

大川を漕ぎ上って吾妻橋の下をくぐると、右手に源森川が大川へ流れ込むあたり、水戸家下屋敷の長い塀がみえて来る。

猪牙は源森川へ入った。

左手は水戸家下屋敷、その塀が尽きると常泉寺で、川からはみえないが、この前、東吾が長助と訪ねた、五郎三の隠居所は常泉寺のかげになる。

源森川は短い水路で小梅村に突き当ると右折して横川となる。そこに架っているのが業平橋であった。

「たしか、この辺りだということで……」

長助が舟を止め、先に岸へ上った。

茶店があって、名物梅飯と布看板が出ている。店を閉めようとしている老婆に、長助が声をかけ、東吾も舟から上った。

「およねさんの家なら、あそこだわね」

老婆の指す方角に、大きな藁《わら》葺《ぶ》き屋根の農家があった。

「たいした家じゃないか。およねの実家は大百姓だったのか」

東吾がいい、老婆がかぶりを振った。

「そうではねえ、およねさんの生まれた家は水呑百姓だ」

「しかし、あの家は……」

「およねさんが奉公先から戻って来て、家から田畑から、そっくり買っただよ」

もともと、甚兵衛という大地主の持ちものだったが、

「悴が、賭事に凝って、えらい借金を作ったんだ。それで売りてえといってるところに、およねさんが帰って来たで……」

女手一つで、ええもんだと老婆は羨ましげであった。

「いつ頃のことなんだ。そいつは……」

東吾が訊き、老婆は、

「そうよのう、もう二十年にもなるかのう」

と答えた。

およねの家へ向って歩き出しながら、東吾は勿論、長助もわくわくした気持をもて余していた。

二十年前といえば、おきたが五郎三を殺した頃であり、その時分、およねは五郎三の隠居所に奉公していた。

「若先生、こりゃあ、なにかありますぜ」

たかが女中奉公で田畑や屋敷の買えるほどの給金がもらえるわけがなかった。長助が勇み立つのも無理ではない。

遠くからみても立派な百姓家だったが、傍へ来ると更にがっしりした造作《ぞうさく》で、夜の中に威容を誇っている。

だが、広い家の中は、がらんとしていた。

「ごめんよ、およねさんはいるかい」

長助が声をかけて、表の戸を押したとたん、もの凄い勢いで女がとび出して来た。長助を突きとばし、逃げようとするのを、あとから来た東吾が咄嗟《とっさ》に身を沈めて、足を払った。

どさっところげるのを、

「こん畜生」

長助がとびついて、暴れる女に縄をかけた。

けれども、なんで女が逃げ出し、抵抗したのかわからない。

「お前、およねだな」

家の中へひきずり込んで、東吾が訊ねた。

「何故、逃げ出した。どうして、お上に手むかったんだ」

唇を嚙みしめている女に、東吾が言葉を叩きつけた。

「おきたは、なにもかも白状したぞ。二十年前、お前は……」

はったりだったがおよねが真っ赤になって叫んだ。

「知らない。あたしは何もしてやしない」

「お前、口止め料に、いくら貰った。この家も、田畑もその金で買ったのがわかっているんだぞ」

珍しく東吾がどなりつけたのは、相手がかん違いをしているのを幸い、この際、およねの口から真相を吐き出させようと考えたからであった。

果して、およねは声を上げて泣き出した。

「あたしは、ただ、おきたさんに頼まれて……」

はっと、東吾と長助が目を見合せた。

およねの口から出たのが、全く、予想外の名前だったからである。

「正直にいえ。いわねえと、今度は手前が島送りだぞ」

心得て、長助が十手をおよねの鼻先に突きつける。

「お金は、近江屋の御隠居が口止め料にって、あとから……」

「五郎三を殺したのは誰なんだ。ええ、きりきり白状しろ」

長助がおよねの腰を蹴とばした。彼も、思いがけない事態に、いつもより荒っぽくなっている。

「おうのちゃんです」

一瞬、二人の男が息を呑み、長助が夢中で叫んだ。

「馬鹿いえ、四つの子が人殺しなんぞ……」

「はずみだったんですよ。おうのちゃんが抵抗して、隠居さんの胸を蹴とばして、隠居さんがひっくり返って井戸端の石で頭を打ったんです」

嘘じゃない、と、およねは果《はた》しまなこで喋った。

「おきたさんがかけつけた時、五郎三の隠居は頭から血を流して死んでいたんです。それで、おきたさんがおうのちゃんをかばうつもりで、そこにあった鍬で……」

長助が思わず、両手を打ち合せた。

「そういや、畝の旦那がごらんになって、頭の傷が二つあると……」

東吾がこの男にしては、きびしすぎるほど冷たい声で訊いた。

「おうのは抵抗したといったな。五郎三はおうのになにをしたのだ……」

およねが激しく慄《ふる》えた。

「あの人は、けだものだ。小さい子を連れて来て、水浴びさせてやるといって裸にして……ひどい悪戯《いたずら》を……」

とりあえず、およねを中ノ郷八軒町の番屋へつれて行き、長助が番太郎に命じて畝源三郎を迎えにやった。

この取調べは慎重に運ばないと、二十年前のおきたの我が子への思いが水泡に帰すと、東吾が判断したためである。

だが、出て行った番太郎が、間もなく畝源三郎を伴って戻って来た。八丁堀まで迎えに行ったにしては早すぎる。

「吾妻橋のところで、出会ったんです」

早口で源三郎がいった。

「おうのが、かどわかされました」

「なんだと……」

「急ぎますので、走りながらお話しします」

長助をあとへ残して、外へ出た。

源三郎が走って行く道は源森川を越えて、まっしぐらに小梅村へ向っている。

「今しがたですが、おうのが欺されて、近江屋を出ました。呼び出したのは丑之助といいまして、深川のごろつき、というより、おうのが後妻に入る筈の、望潮楼の主人、辰之助の妾、おえんという女の兄に当ります」

「なんだって、そんな奴が、おうのを……」

「女中の話では、母親が近江屋の小梅村の寮で待っていると丑之助がおうのにいっているのを小耳にはさんだというのですが……」

「源さん、近江屋の寮が、小梅村にあるのか」

「丑之助が、言葉通り、そこへおうのを連れ込んでいるといいのですが……」

もし、他へ連れ去ったとなると、えらいことになる。

「すでに、若い連中を走らせていますが……」

源三郎が荒い息を吐いた。

「なんだって、丑之助がおうのを……そうか、望潮楼の主人が後妻を迎えるんで、妾が頭に血が上ったんだな」

ならず者の兄に頼んで、おうのの体を汚してしまおうという、女の考えそうな悪企みに違いない。

「あそこのようです……」

源三郎が手を上げた。

暗い中に、提灯が二つ、三つ、こっちへ向って打ちふられている。

ここは、五郎三の廃屋の、すぐ近くではないかと東吾が思った時、若いお手先がとんで来た。

「旦那、えれえことに……おきたが丑之助の奴を殺しました」

五

近江屋の小梅村の寮の座敷は、凄惨であった。

背中に竜の刺青《いれずみ》のある男が腹に出刃庖丁を突き立てられて、血の中にひっくり返っている。

その近くに、おきたがすわり込んでいた。もし、そこに長助がいたら、場所は違っても二十年前とそっくりな光景なことに気づいたに違いない。

「おうのは、どこだ」

源三郎が訊き、若いお手先が、

「むこうの部屋で、御隠居と医者が手当をしています」

首をしめられて失神するまで、激しく抵抗したらしく、体中があざや打ち身だらけだといった。

「あの子は無事でした」

静かな声で、おきたがいった。

「あたし、近江屋からあとを尾《つ》けてここへ来たんです。刃物を探すのに手間どっちまったんですけど、あたしが入って行った時、あの子は首を締められながら、まだ、あばれ廻っていましたから……」

かすかに白い歯をみせて笑ったのは、娘を守ることが出来た母親の満足の表現なのだろうか。

医者が検屍に入って来たのをしおに東吾はおきたをうながして庭へ出た。

「あんた、娘に会うために近江屋へ行ったのか」

予定では、明日、江戸を出て行く筈であった。

「余所《よそ》ながら、娘の顔がみられると思ったわけじゃありませんでした」

石灯籠に片手をかけて、おきたが夜空を見渡した。月はなく、星がまばらに光っている。

「ただ、せめて、娘のいる家の廻りを歩いてみたい。そんな気持だったんです。それに、気になりましてね」

姑のおたつから娘の縁談を聞かされた時、相手が深川の望潮楼の主人と知った。

「前のお内儀《かみ》さんが歿って五年もやもめで居たっていうんで、派手な商売だし、妾の一人や二人はいるんじゃないかと訊いたら、そっちとはこの際、きちんと手を切ったといったって……お姑さんは世間知らずで安心してましたけど、あたしは近江屋へ嫁入りして、亭主が切れた筈の昔の女とよりを戻しているのに気がついて、けっこう、いやな思いをしましたから……同じ苦労を娘にさせたくないと思いましてね」

近江屋のあたりをぐるりと廻ったら、帰りに長寿庵へ寄って、長助にその点を確かめてもらおうとも思っていたという。

「近江屋の裏木戸のところに駕籠が止っていて、様子をみていたら、おうのが男と出て来て、駕籠に乗って……なんだかわからなかったけど、必死でついて行ったんです」

来てよかった、と、ぽつんと呟いた。

その結果は、娘を守るために人殺しをした。

「一人殺すのも、二人殺すのも、同じようなもんですから……」

あきらめ切った声であった。

「およねに聞いたよ」

東吾の言葉に、おきたがあっという顔をした。

「あいつ、近江屋から法外な口止め料をもらっていたんだな」

おきたが姿勢をたて直した。

「口止め料をもらった人が喋るわけないじゃありませんか」

「いや」

「喋らせちゃいけません。お願いですから、聞かなかったことにして下さい」

いきなり、東吾に武者ぶりついた。

「四つの子になにが出来ると思いますか。あの子はなにもわかっちゃいませんよ。第一、悪いのは……」

「五郎三だ」

「鬼ですよ、畜生ですよ」

「あんた、あの日、ここへ来てたんじゃなかったのか」

東吾の声の優しさに、おきたが素直に首を縦にふった。

「お姑さんがおうのを連れて、ここへ来ていました。あたしは二日ばかり遅れて、あの日に来たんです」

来てみると、姑が按摩をとっていて、おうのの姿がみえない。女中に訊くと、すぐこの先に子供好きの老人がいて、金魚を沢山飼っているからみに来ないかと、おうのを連れて行ったという返事であった。

「あたし、おうのを迎えに行ったんです。そしたら……」

手をふって、東吾がしがみついているおきたを、ゆっくり放した。

「源さんが来たようだ。せめて、今夜ぐらい、かわせみへ泊めてやりたいが、そうも行かないだろう」

おきたがゆっくり背を向けた。自分から源三郎に近づいて行く。

「二十年前は、旦那のお父つぁん、二代続けて御厄介になるなんて、因縁ですよねえ」

「もういい」


半月後、おきたは再度、八丈島へ流刑と決った。

それは、おきた自身が強くのぞんだことでもあった。

「あの島での暮しは気に入っていたんです。機《はた》を織っていれば、充分、食べていけますし、知り合いも少くありません。島の人は親切ですし、仲よしも出来ました。それでも御赦免船に乗って来たのは、娘に一目、会いたかったから……どんなふうに育っているか知りたかったからです。そののぞみもかないましたし……」

娘のおうのは、毎日のように奉行所へ来ていた。

「おっ母さんに罪はありません。なにもかも、あたしのせいなんです。島送りにするなら、あたしをやって下さい」

望潮楼との縁談は断ったし、これから先も嫁入りする気はないといい切った。

「そんなに思いつめるもんじゃあない。あんたの気持はわかるが、お上があんたのいい分を取り上げたら、お裁きが出来なくなる」

親が子をかばい、子が親をかばうのはまだしも、自分の罪を親になすりつける子が出来たり、子を犠牲にして助かろうとする親が出て来ないとも限らない。

「それに、お上も事情はよくわかって下さっているんだ。今度の島暮しはそう長いことじゃない。おっ母さんが帰って来たら、温かく迎えてやることだ。親孝行はそれからだって遅くはない」

近江屋の女隠居のおたつは今度の一件以来、二十年来の気苦労がいっぺんに吹き出たのか、寝たきりの状態になっている。

「おばあさんの看病をして、おっ母さんの帰りを待つことだ。それが、必死であんたを守って来た二人に、なによりの孝行になるんだぜ」

東吾に説き伏せられて、おうのは声をふりしぼって泣いた。

おきたを乗せた舟が金杉橋の袂《たもと》を出たのは、夜あけ前であった。

見送りには、畝源三郎に長助、それに、おうのをつれた「かわせみ」一同が暗い中を岸辺にたたずんで、罪人達が来るのを待っていた。

おきたは、あらかじめ、るいが送り届けておいた新しい縞の着物に、昼夜帯《ちゅうやおび》を締め、長い髪を首の後で一つにまとめて元結でむすんでいた。

おうのは泣きながら、用意して来た日用品や心尽しの品々が入った風呂敷包を渡し、るいも衣類や米などの食べ物の包を嘉助とお吉に舟へ積み込ませた。

それらは喜んで受けたおきただったが、るいがあずかっていた百両を渡そうとすると、

「それは、どうぞ、おうのにやって下さいまし。島では使い様がありませんので……」

と断った。

母親にすがりついて泣き叫ぶおうのをるいやお吉がひきはなし、おきたは行列の最後について舟に移った。

護送する役人と、そこまで送って来た役人が挨拶をかわし、船頭が艫綱《ともづな》を解く。

「おい、体にだけは気をつけろよ」

東吾が岸から声をかけ、おきたが軽く手を上げた。

「やっぱり、江戸へ帰って来てよかったと思いますよ」

娘をよろしくおたのみ申します、といったのが、別れの言葉であった。

舟はゆっくりと、沖に待つ親船へ漕ぎ出して行く。

陽はまだ上らず、有明月が空に消え残っていた。

かくれんぼ

一

品川の御殿山の麓《ふもと》に滝川大蔵という旗本の隠居が住んでいた。

五年ほど前に大病をしたのがきっかけで、家督を悴《せがれ》にゆずり、本所の屋敷からここへ移って、妻と二人、悠々自適の暮しをしている。

二千坪はあるという地所には竹林があり、菊畑や茶室が風雅な趣きを添えている。屋敷も隠居所にしては広く、奉公人の住む別棟もあった。

滝川大蔵がそうしたゆとりのある老後を過せるのは、かなりの蓄財があったのと、妻が江戸では名の知れた茶道の重鎮で、多くの弟子を持っているせいでもあった。

滝川家では年に二度ほど、御殿山の家で茶会を催す。

春は御殿山の桜が満開になるのに合せ、秋は菊畑の花の盛りの頃であった。

今年は江戸の天気が不順で、紅葉はどうも色が冴えないが、菊は丹精の甲斐あって例年並みに咲き揃ったので、と、滝川大蔵から茶会の招きが本所の麻生家にも届いた。

麻生源右衛門とは若い時分からの昵懇《じっこん》だし、本所のほうの滝川家の本邸とは、目と鼻の先であった。そのために、麻生家の二人の娘はどちらも、滝川大蔵の妻女から茶道を学んでいた。

弟子として、師匠の茶会に不義理をすることは出来ない。

で、麻生家では源右衛門が娘と共に参会することになった。

麻生家の長女は、町奉行所与力、神林通之進の妻であり、次女の七重のほうは将軍家御典医、天野宗伯の倅、宗太郎を聟に迎えて、今年二人目の子を出産している。

まだ乳離れのしていない赤ん坊がいるので、七重は今年の茶会には行けないと思っていた。しかも、秋のはじめ頃からどうも乳の出が悪くなって、たまたま、宗太郎が裏庭に作っている薬草の手入れに来ている小梅村の百姓、佐吉の女房が、春に出産して乳があり余るほど出るというので、頼んで乳をもらうことになった。

日中は、自分の赤ん坊をつれて麻生家へ来て乳母をつとめている。

「たまには外に出るのも、体にはよいものだ。心配せず、父上や姉上と一緒に行っておいで……」

と優しい夫に勧められて、考えてみると春の茶会もお腹が大きく出席出来なかったことであり、では上の娘の花世を連れて参ります、ということになった。

大川端の旅宿「かわせみ」では、るいがその茶会に手伝いのため出かけることになっていた。

るいの茶道の師匠は木挽町に住む寂々斎楓月《せきせきさいふうげつ》という老女だが、滝川大蔵の妻女とは同門で日頃から親しくしている。

で、茶会には必ず招かれるのだが、その折、水屋《みずや》の手伝いなどのために、自分の弟子を二、三人伴って行く。

今年は、まず、畝源三郎の妻のお千絵が頼まれ、

「私一人では、とてもお役に立ちません。おるい様をどうぞ御一緒に……」

と楓月に懇願して、るいにお鉢が廻って来た。

「なんだ、るいも行くのか、それなら俺も義姉上《あねうえ》のお伴でついて行くか」

どうせ、講武所の稽古は休みだし、と神林東吾がいったのは、畝源三郎の一人息子、源太郎のことを考えたからであった。

母親のお千絵が品川へ行くとなれば、五歳の源太郎は留守をさせられる。父親は定廻りで夜にならなければ帰って来ないし、奉公人はいても、源太郎にとっては少々、寂しい一日になるだろうと不愍《ふびん》であった。

「どうせ、花坊も行くそうだし、俺が子供達の相手をしていれば、みんな安心して風雅な一日が過せるんだろう」

源太郎と花世と、二人の子供を一日、御殿山あたりで遊ばせることなぞ、子供好きの

東吾にとってはなんでもない。

その話が麻生家と畝家へ伝わると、花世は、

「とうたま、ゆびきり、ゆびきり」

と、とび上って喜んだし、源太郎のほうは、父親の源三郎が「かわせみ」へやって来て、

「あんなに嬉しがった源太郎をみたのは、はじめてのような気がしますよ、どうも、父親としては憮然とするところがありますが……」

と、この友人らしい言い方で、東吾の思いやりに感謝した。

当日は、まだ星のある中《うち》に、るいがお千絵と共に寂々斎楓月のところへ行き、連れ立って御殿山へ向った。

それより遅れて、麻生源右衛門、香苗《かなえ》、七重の姉妹に花世の一行が源太郎と待っていた東吾と合流して八丁堀を出る。

老人と女は駕籠だが、東吾は源太郎の様子をみて途中から馬にするつもりであった。

もっとも、源太郎は年よりも成長が早く、日頃、きたえてあるので、けっこう東吾についで来る。

そうなると、母親と一つ駕籠に乗っていた花世が、

「はなも、とうたまと歩きまちゅ」

とがんばって、汐留のあたりからは東吾の手にぶら下ったり、背中におぶわれたり、

好き勝手をしての道中になった。

源太郎は花世のおてんばぶりに少々驚いた様子であった。

今までにも「かわせみ」で、遊びに来ている花世と出会ったことは何度かあった。

だが、源太郎をみると、花世はすぐに部屋から出て行って、台所や帳場のほうで、お吉や嘉助を相手にきゃあきゃあさわいでいる。

まだ赤ん坊のようなものだ、と源太郎は思っていた。

そのちびが、

「とうたま、とうたま」

といって、東吾にまつわりついている。

とうたま、とは、そのちびの母親が、

「東吾さま」

と呼んだのを真似して、舌が廻らないので、

「とうたま」

になったのだと嘉助から教えてもらったのだが、普通なら、

「おじさま」

というところを、可笑《おか》しな子だと少からず不愉快であった。

しかし、あんな赤ん坊みたいなちびを相手に腹を立てても仕方がないと思い、ひたすら東吾に歩調を合せて黙々と歩いていると、

「源太郎、どうだ。ぼつぼつ馬に乗せてやろうか」

と東吾が声をかけてくれた。

「はい、先生」

嬉しくて、大声で返事をすると、ちびがつかつかと傍へ来た。

「どうして、とうたまのことをせんせいというのでちゅか」

源太郎はあっけにとられたが、胸を張って答えた。

「神林先生は、わたしの剣のお師匠様です」

「けんじゅつなら……」

と、ちびがいった。

「はなも、おけいこしています」

源太郎は黙っていたが、内心では、こんな赤ん坊が、けんじゅつだなんて、おへそが
お茶をわかすと笑ってやりたかった。

それなのに、ちびは今にもころびそうな恰好で東吾のあとを追いかけて行く。

東吾は金杉橋のところで、飯倉の仙五郎が用意して来た馬の鼻面を叩いていた。

あらかじめ、仙五郎のところへ使をやって依頼しておいたものである。

律義な仙五郎は今朝、品川まで行って知り合いの馬方から借りて来た。

「なかなかいい馬だな」

仙五郎に礼をいい、源太郎を呼んで鞍《くら》の上へ乗せた。

今までにも、東吾に馬に乗せてもらったことがあるので、源太郎はいわれた通り、前輪《まえわ》につかまった。

続いて、東吾が乗って来る筈なのに、

「とうたま、はなも乗る」

ちびが女とは思えない声で叫んだ。

「お嬢さまには無理ですよ」

と仙五郎がいい、駕籠を止めて下りて来た七重が、

「いけません。駕籠へお戻りなさい」

と叱っても、

「はなは、とうたまとお馬に乗るの」

てこでも動かない。

東吾は別に困った様子もなく、刀の下げ緒をほどいて、花世を自分の背にくくりつけた。

「いいか、花坊、しっかりとうたまの肩につかまっているんだぞ」

仙五郎が慌てて、下から手をのばして花世の小さなお尻を支える。

ひらりと、東吾が馬上の人となった。

「心配するな。ゆっくり行くから……」

七重に声をかけ、手綱をさばいて馬を進めた。

「若先生、お気をつけなすって……馬はたてばの甚兵衛へお返しなすって下さいまし」

馬と一緒に並んで走りながら、仙五郎が手を振ると、花世が東吾の背中から小さな手を上げて応えた。

「本当に、ちっとも、いうことをきかなくて」

途方に暮れたように、七重が呟き、仙五郎に挨拶して駕籠へ戻る。

仙五郎に見送られて、一行は西へ向った。

背中に小さな女の子をくくりつけ、前に男の子を乗せて馬をゆっくり走らせて行く東吾の姿を、道行く人は不思議そうに眺めていたが、東吾はまるで気にしていなかった。

金杉橋から品川までは海沿いの道であった。

何故、ここから東吾が馬に乗ったかを、二人の子供はすぐに気づいた。

「海がみえるだろう。むこうに停っている船は大きいな」

東吾が二人に教える。

街道を歩いていたのではみえないものが、馬上の高さからは見渡せるのであった。

源太郎が胸をどきどきさせて海原を眺めているというのに、花世のほうは、

「とうたま、あそこにちっちゃなおふねが、まるで、うらしまたろうさんみたい……」

浜にお魚が干してあるだの、お舟がさかさになっているだのと、ひっきりなしに叫びまくっている。

源太郎は憂鬱であった。

折角、先生と遠出をしたのに、こんなちびがつきまとっていたのでは、ちっとも、先生と話が出来ないではないか。

浜沿いの道が尽き、前方に御殿山がみえて来た。

二

滝川大蔵の家は庭が広かった。

とりわけ、見事なのは竹林で、隣の家まで続いている。

このあたりの家はみなそうなのだが、高い塀をめぐらせたりせず、入口に枝折戸《しおりど》や申しわけ程度の小柴垣を結い廻してある程度で、それで秩序が保たれている。

入り込もうと思えば、他人の庭へずかずか入って行けるのだが、そういう不作法をする者はいないようであった。

招かれた客は、正午前に残らず到着した。

広い座敷で、気のきいた懐石料理の膳が出る。

花世と源太郎には別室で子供の喜びそうな午食《ひるしょく》が用意されている。

充分な酒と肴《さかな》のもてなしを受けてから、客は茶室へ案内されて、今日の亭主役である滝川大蔵の妻、寂明庵双月のお点前《てまえ》の接待を受けた。

茶室に入り切らない客は菊畑を見物する。東吾も二人の子供をつれて、ひとしきり黄菊白菊の中を歩いたが、

「神林様、お席の仕度が出来ましたので……」

と迎えが来た。

茶席は苦手だが、断るわけにも行かない。

「暫《しばら》く、庭で遊んでいなさい。源太郎は年上なのだから、花世の面倒をみてやってくれ」

二人の子供にいい残して、東吾は案内の娘について行った。

あとに残されて源太郎がぼんやりしていると、花世がえらそうな顔でいった。

「かくれんぼしましょう。おにはあなた」

ええっ、といいかけると、

「うしろをむいて、お目々をつぶって、ゆっくり、十《とお》かぞえるのよ」

例によって、今にもひっくり返りそうな走り方で菊畑から出て行った。

仕方がないので、源太郎はいわれた通りにして十かぞえた。

花世の去った方角はわかっているから、そっちのほうへ行く。

菊畑が尽きても裏庭には牡丹だの椿だの藤棚だの、さまざまの花が植えられている。

源太郎が歩いて行くと植込みのかげで、

「もういいよ」

という花世の声がした。

別に、鬼が、

と呼んだのでもないのに、自分から大声を出すなんて、全く、赤ん坊はこれだから情ないと思いながら、源太郎は花世の前へ立った。

「みつけたぞ」

というと、にこにこして立ち上る。

そこまではいいのだが、

「この次も、あなたがおに……」

という。

「みつけられたのだから、今度はそっちが鬼だ」

と源太郎が抗議をしても、

「はなは、おにがきらいでちゅ」

と首をふっている。

そんなかくれんぼがあるものかと源太郎は腹が立ったが、相手は嬉しそうに、

「まだだよ、まだですよ」

といいながら走って行くので、やむなく鬼を続けざるを得ない。

そんなことを、五、六回も繰り返していると、つくづく源太郎はいやになって来た。

最初は見知らぬ他人の家なので、おっかなびっくり近くにかくれていた花世が、だんだん大胆になって来て、どんどん遠くへ行く。

それでも、かくれる所は単純だし、源太郎がうろうろしていると、必ず、

「もういいよ」

と叫ぶので、みつけるのに苦労はない。

苦労はなかったが、張り合いもなかった。とにかく、いくらやっても、鬼は源太郎なのであった。

いっそ、探してやらなかったら、どうなるだろうと源太郎は考えた。

はなは、おにがきらいだなんて、人を馬鹿にしている。そうだ、もう、みつけてやるものかと思い、源太郎は庭石に腰をかけた。

空はよく晴れていて、日ざしが温かい。

早く先生が茶室からお戻りになるといいと考えて、源太郎は、どきりとした。

先生は、年上なのだから、花世の面倒をみてやれとおっしゃったではないか。それを、こんな所で知らん顔していては、先生に申しわけがない。

源太郎は慌てて立ち上った。

もういいかい、と呼びながら裏庭を行ってみたが、花世の返事はなかった。

竹林に出ていた。

ぐるりと見廻すと人影らしいのが一瞬、源太郎の視界をかすめた。

あとで判断すると、それは花世ではなかったのだが、源太郎は一散にそっちへ走った。

家があった。

滝川大蔵家の離れかなにかのように源太郎は思ったのだが、それも間違いであった。源太郎がそこで立ち止ったのは、土の上に赤い櫛《くし》が落ちていたからである。

それは、花世のだと気がついた。拾い上げると菊の花が描いてある。

こんなものが落ちているからには、花世はこのあたりにかくれているのだろうと思った。

櫛の落ちていた先は建物で、壁の下方に板戸があり、半分ばかり開いている。

あそこだと見当をつけて、源太郎はそこをのぞいた。

入ってみると、正面に戸があるが、そこは押しても開かない。右側の壁には大きな莚《むしろ》が広げたままぶら下げてある。

そのかげに花世がかくれているような気がして、源太郎はめくってみた。

花世はいなかったが、そこに小さな戸があった。押すと音もなく開く。

のぞいてみて、源太郎は舌打ちしたくなった。花世が壁によりかかった恰好ですわり込んでいる。近づいても、さっきまでのようにふりむいて笑わないのは、ぐっすりねむってしまっているのだとわかった。

こんな所へかくれたまではよかったが、待っても待っても鬼は来ない。お腹は一杯だし、つい眠くなってというわけかと思い、源太郎は少々、花世がかわいそうになった。

自分がいつ探しに来てくれるかと、時々、

「もう、いいよ」

といってみながら、じっと待っていたのかと思う。

もっと早く来てやればよかったと後悔しながら、源太郎は花世をゆり起そうとした。

小さな肩へのばしかけた手が止ったのは、板壁のむこうで男の声がしたせいである。

「すずか」

どやどやと人が部屋へ入るらしい気配がして、源太郎は息を呑んだ。

「これは、おのおの方《がた》、如何なされた。本日は集りの日ではなかったが、なにか急なことでも……」

「犬」

と低く叱咤するのが不気味に響いた。

「なに……」

「よくも我々を欺《あざむ》いたな」

「なんといわれる。それがしは決して……」

「問答無用」

ぱしっと濡れ雑巾を叩きつけたような音と男の絶叫が尾をひいた。

花世が顔を上げ、なにかいおうとしたのに気がついて、源太郎は夢中でその口を押えた。

その恰好で花世が源太郎の背後を指す。

ふりむいて源太郎は体を固くした。

いつの間にそこに入って来たのか、若い女が板壁に耳をつけるようにして立ちすくんでいる。

僅かな光が、女の顔をぼんやりと浮び上らせている。唇をひき結び、目が吊り上っている。

板壁のむこうでは、男達がなにかいいながら歩き廻っていたが、どすんと壁を叩く音がした。

女が源太郎と花世をみた。こっちへというように手招きする。

女が暗い片すみの床を持ち上げた。地下へ穴があいている。

といっても人が一人、もぐりこめるぐらいのものであった。

「入りなさい」

低く、女がいい、まず、花世を抱いて、下へおろした。

「声を立てないで……さ、早く」

女にうながされて、源太郎は穴に下りた。女が上から床板をおろしかけ、源太郎はそれを手で支えた。

「しめなさい」

小さくいって、女は穴の傍をはなれた。

源太郎がみていると、むこうの入口の所で外の様子をうかがっていたが、するりと姿が消えた。

理由がわからぬままに、源太郎は支えていた床板を下した。

穴は狭くて、源太郎の身丈でも立ってはいられない。しゃがむと、花世が小さくいった。

「かくれんぼみたい……」

源太郎は再び、花世の口を封じた。

大きな足音が頭上に響いたからである。

「やはり、こんなものがあったのだ」

「かくし部屋だな」

声と足音ががんがんと聞え、源太郎は無意識に花世をしっかりと抱きかかえた。

先生に命ぜられたのだから、どんなことがあっても、このちびだけは守らねばと思った。

「どこかに、かくれ場所はないのか」

といっている。

源太郎は汗をかいた。

「女が逃げたぞ」

という声が上の部屋へ入って来て、足音は荒々しく戸口へ殺到して行くようであった。

暫くの間、源太郎は花世を抱えたまま、じっとしていた。

先にもぞもぞと動き出したのは花世である。

なんとなくどぎまぎして、源太郎はそっと床板を押した。それほど重くはない。物音は全く消えていた。

源太郎が苦労して花世を押し上げ、次に自分がよじのぼった。

早くここから脱け出さなければと、花世をふりむくと、板壁のところに立って、爪先立ちになり、目を壁に押しつけている。

のぞき見をしているとわかって、源太郎は傍へ行って手をひっぱった。そのまま、歩き出して、源太郎は花世がなにをのぞいていたのか気になって、二、三足、後戻りした。

壁に小さな穴があいている。そこに目を当てると部屋の中がみえた。

板壁の向う側である。人が倒れていた。

花世が走り出そうとし、源太郎は泡をくって抱き止めた。

三

東吾は竹林のそばに来ていた。

裏庭をくまなく探し廻ってのあげくであった。

茶の作法はだらだらと長く、点前が終ってからも、やれ、茶碗を拝見だの、手作りの茶杓が見事だとか、一向に腰が上らない。

二人の子供のことが気がかりで、東吾は苛々《いらいら》したが途中で席を抜け出すわけにもいかない。

やっと正客が挨拶をして、茶室を出た。

まっしぐらに裏庭へ行ってみたが、二人の子供の姿はなかった。

その中《うち》に客の一人が、竹林の近くでかくれんぼをしていた二人を見たと教えてくれたので、走って来たのだが、

「源太郎、花世」

と呼んでも、返事はなかった。

竹林の中を行くと隣家にぶつかった。

よもや、他人の家へ入り込むわけもあるまいと思いながら、形ばかりの生け垣のところに立って、東吾は体の血が逆流するような思いをした。

血の匂いがする。

遠慮も作法もかなぐり捨てて、東吾は二人の名を呼びながら庭を抜けた。

縁側に向って障子が一枚、開けっぱなしになっている。

庭から土足で上ったような足跡が縁側にある。

部屋の中には侍が一人、斬られていた。

血がおびただしく流れている。東吾がすばやく周囲に目をくばったのは、二人の子がその辺に倒れていたら、という不安のせいだったが、部屋の中は深閑としている。

「源太郎」

咽喉《のど》から絞り出すような声が出た。

「花世、花世はいないか」

「とうたま」

思いがけず近くで花世の声がした。

心が躍り上り、東吾はどなった。

「花世、どこだ」

「先生……」

源太郎が応じた。目の前の板戸が、向うからどんどんと叩かれる。

桟をはずし、戸を開けた。

「とうたま」

花世がとびついて、東吾に抱かれた。

「先生」

源太郎は泣きそうになるのを必死でこらえた。

「大変です。人が……」

「わかっている」

片手をのばして、東吾は源太郎の肩を抱きよせた。

「とにかく、ここから出よう」

花世を抱き、源太郎の手をひいて、東吾はその家を出た。

竹林を抜け、滝川大蔵の敷地内に入り、中庭まで来てから、はじめて源太郎に子細を訊《たず》ねた。

るいが姿をみせたのは、たどたどしくはあったが、源太郎が一部始終を話し終えた時である。

「あなたが、花世ちゃんや源太郎ちゃんを探していらっしゃったと教えて下さった方があったので……」

心配になって見に来たという。

「すまないが、子供達を家のなかへ入れてくれ、決して、外へは出さないように……」

るいが眉をひそめた。

「なにか、ございましたの」

「隣家で、事件があったようなのだ」

それだけで、るいは承知し、二人の子の手をひいて家へ入って行く。

東吾は滝川大蔵を探した。

客間では謡がはじまっている。そこには大蔵の姿はなかった。

廊下を行くと碁石の音がしている。

のぞいてみると、大蔵と麻生源右衛門が碁盤に向っていた。

「折角のおたのしみの所を申しわけありませんが……」

あたりに人のいないのを確かめて東吾がいい、老人二人は石をおいた。

麻生源右衛門は流石《さすが》に東吾が部屋へ入って来た時から、これは只事ではないと察していたようである。

「かまわぬ、申せ」

うながされて、東吾は大蔵へ訊《き》いた。

「竹林のむこうに家がございますが、どなたのお住いですか」

「あれは、廻船問屋、播磨屋の隠居所ときいて居るが……」

「では、御隠居がお住いで……」

「いや、隠居はすでに歿《なくな》って居る。近頃は知り合いの者が病気療養のため滞在していると挨拶があった」

「侍ですか」

「左様、病身のため家を弟にゆずったとやら申していたが……」

「奉公人は……」

「居らぬ。時折、若い女が身の廻りの世話に通って来ていたようじゃが……」

「平素、来客などは……」

「あまり、みかけぬが……いつぞや、夜更けて人が帰って行くのを家人が見たと申して居ったように思う……」

隣家になんぞ、といいかけるのを、東吾は制した。

「おそれ入りますが、御来客に気づかれぬよう、手前と一緒にお越し願えませんか」

老人二人が腰を上げた。

さりげなく、庭伝いに隣家へ行く。

血に染まっている男をみて、大蔵はあっけにとられた。

「なんとしたこと……」

東吾が苦笑した。

「御安心下さい。手前が斬ったわけではございません」

手短かに、源太郎の話を伝えた。

「この家に仮住いしていた侍でしょうか」

大蔵に来てもらったのは、首実検のためであった。

「間違いない。会うたのは二、三度だが、面体《めんてい》におぼえがある」

すぐに播磨屋へ使をやって知らせようと、大蔵が我が家へひき返して行き、東吾は麻生源右衛門と家の中をざっと見た。

男の一人暮しにしても、なにもない。

文机《ふづくえ》と行燈《あんどん》と座布団と。

台所には鍋釜に味噌汁と飯があり、土間には酒樽がおいてある。

「病気療養中の者が酒を飲んでいるわけですな」

「花世と源太郎は、かくれんぼをしていて、あの死骸をみつけたのか」

麻生源右衛門が訊き、東吾は先に立って部屋へ戻った。

「この裏側にかくし部屋があるのですよ」

廊下へ出て、突き当りの戸を開けた。

土間へ下りる。

壁ぎわの莚のかげの戸口から入ると、源太郎のいった通り、狭い細長い部屋がある。

「ここですな」

東吾がしゃがんで、床板をめくった。ぽっかりと黒く穴が開く。

「こんな所にかくれんぼで入ったのか」

「いや、源太郎の話ですと、女がかくしてくれたそうです」

「女……」

「先程、滝川どのが話された、身の廻りの世話に来ていた女ではないかと思うのですが……」

源右衛門をうながして外へ出る。

遠くで人が叫んでいた。

「なにかあったようです」

竹林を抜けて戻って行くと、滝川家の奉公人が走って来た。

「えらいことで……」

この先の路地のところに女の死体があったという。

「まっ昼間から辻斬りでもありますまいに。背中から、ばっさりと殺《や》られて居りますそうでして……」

東吾は思わず、源右衛門と顔を見合せた。

品川の廻船問屋、播磨屋から大番頭の喜兵衛がかけつけて来て、殺されていた男女の身許は一応、判った。

四

隠居所で殺害されていた男は、速水《はやみ》市之丞《いちのじょう》といい、女はその妻でおすず。

「速水様は御浪人でございまして、くわしいことは、主人が只今、上方へ行って居りまして手前共にはわかりかねますが、なんでも、市之丞様の歿られたお父上に手前共の先代の主人が御恩を受けたことがあるそうで、その御縁で少々、お世話をさせて頂いて居りましたのですが……」

市之丞夫婦が殺された理由については、全く思い当ることがないといった。

「御妻女は、どこやらから通って、おつれあいの世話をされていたようだが……」

東吾の問いに、喜兵衛はうなずいた。

「御夫婦そろって他人の厄介になるのは心苦しいと速水様がおっしゃいますので、御新造様は手前共の店で働いて居られました」

といっても女中ではなく、奉公人が多いので、その取締りのようなことをしてもらっていた。

「なんと申しましても、御武家様の御新造様のことで読み書きはもとより、行儀作法もしっかりしておいででございましたから……」

「速水どのは浪人される以前、どちらの藩に奉公されて居られたのか」

「それは存じません。主人は承知していると思いますが……」

とにかく、二人の遺骸は播磨屋でひき取って野辺送りをすると申し出た。

思いがけない隣家の事件に、滝川家の客も早々に帰り、東吾達の一行も日の暮れ前に滝川家を辞した。

花世は神妙に母の駕籠に乗り、源太郎も疲れたのか、やはり母のいいつけ通り、別の駕籠を頼んだ。

徒歩で行くのは、相変らず駕籠ぎらいの東吾だけで、帰りは往きよりも遥かに早く八丁堀へたどりついた。

麻生家の駕籠は本所へ向い、東吾とるいは大川端の「かわせみ」へ入る。

「お早いお帰りでございましたね」

深夜になるだろうと思っていたお吉が目を丸くし、東吾は疲れ切っているるいをいたわりながら、居間へ落ちついた。

東吾が一風呂浴び、るいが湯殿へ去ってすぐに、畝源三郎がやって来た。

「お疲れのところを恐縮ですが、奇妙な事件にお遭いになったと聞きましたので……」

東吾は笑った。

「大方、源さんがそういってやって来るだろうと思っていたよ」

自分のほうも、その件について話したかったといい、東吾はお吉を呼んで酒をいいつけた。

「はい、もう、とっくに仕度をして居ります」

得意そうにお吉が長火鉢の上に蛤《はまぐり》の土手鍋をのせ、徳利を銅壺《どうこ》に入れる。

「人殺しがあったそうでございますね」

るいが湯へ入る前に話したといった。

「畝様がおみえになるかも知れないから、用意をしておくようにと……」

「成程、夫婦は以心伝心って奴だな」

東吾が嬉しそうにいい、

「のろけはいいですから、話のほうをお願いします」

源三郎がうながした。

「俺の話は、大方、源さんの悴から聞いたことなんだがね」

その源太郎は家へ帰ると飯も食わずに寝てしまったらしい。

「あいつにしてみりゃあ必死だったんだ。かくれんぼのあげくが、とんでもない事件に巻き込まれたんだからな」

一通りの話をすませて、東吾はいった。

「実をいうと殺されていた女の顔を源太郎にみせたんだよ。俺はみたくなかったらいいといったんだが、あいつはけなげでね、大丈夫だからみせて下さいといった。やっぱり、蛙の子は蛙だよ」

「当然です。男の子が死体の一つや二つ、みられなくて、同心の家督は継げません」

「理屈はそうだが、死んだ人間をみるのは、俺だって好かねえぜ」

「まあ、手前も、好きとはいいかねますが」

源太郎がみてくれたおかげで、その女が、例のかくし部屋へ来て、源太郎と花世を床下へひそませてくれた優しい小母さんだったと知れた。

「そのことも、源太郎には衝撃だったろう」

それにしても、何故、すずという女が源太郎と花世のいたかくれ部屋へ入って来たのだろうか、と東吾はいった。

「すずは時折、御亭主の許へやって来て身の廻りの世話をしていたと、播磨屋の大番頭はいっていた」

実際、源太郎の話によると、市之丞は侵入者に対して、

「すずか」

と声をかけたという。

「女房が夫の家へ来たら、まっすぐ玄関から入るだろう」

「御亭主のところに、危険な来訪者がいるのを知ったからではありませんか」

「それなら、どこかにかくれて様子をみるだろう。それが、まっすぐかくれ部屋へ入って来た」

つまり、そのかくれ部屋は、市之丞の居間へ来る者の話を、内緒で盗み聞きする場所ではなかったのか、と東吾はいった。

「東吾さんは、すずという女が、誰かからの密偵と考えるのですか」

「亭主とぐるなのか、それとも、亭主は女房のやっていることを知らなかったのか」

「どっちにしても、市之丞とすずを斬ったのは同一人物でしょうな」

「それも複数だよ。源太郎は二、三人の男が来たようだといっている」

あいつは肝がでかい、と東吾は満足そうにいった。

「五つの子が、壁のむこうに来た人間を、声で判断して二、三人はいたと数えているんだからな」

「それぐらいのことが判らなくて、どうしますか。畝家は代々、同心の家柄で……」

「鳶《とび》が鷹《たか》を産んだんだな」

「怒りますよ、東吾さん」

だが、源三郎は親馬鹿の顔になっていた。

「問題は下手人だ。いずれ、どこかの藩士だろうが……」

「何故、そう考えるんですか。或いは盗賊の一味かも……」

「源太郎がいっていた。市之丞は侵入者を、おのおの方と呼び、今日は集りの日ではないといったらしい。それに、市之丞のことを犬とののしったそうだ」

「しかし……」

「滝川どのもいっていたよ。市之丞のところへ来客があって夜更けに帰って行くとね。盗賊なら、泊ったってかまわないだろう。市之丞は一人暮しなんだ」

御殿山の麓の寂しい所から夜更けて帰って行くのは主持ちではないかと東吾はいう。

「盗賊同士が、おのおの方なんぞと呼ぶだろうか。もう一つ、市之丞もすずも、抜き打ちに斬られている。ひょっとすると、あれは示現流《じげん》……」

「示現流ですか」

ふっと、源三郎が息をついたのは、その流派が九州の雄藩で盛んなのを知っていたからであった。

「どっちにしても、播磨屋はなにかを知っている筈だ。主人が上方へ行っているので、自分はわからないと大番頭は必死で弁解していたがね」

明日、播磨屋は市之丞夫婦の野辺送りをすると東吾は友人の盃に酒を注ぎながらいった。

「品川まで行ってみないか」

「願ってもないことですよ」

湯上りの艶な匂いをただよわせて、るいが新しい肴を運んで来た。

翌日、東吾は講武所の稽古を代ってもらって、源三郎と品川へ出かけた。

市之丞夫婦の葬いは、播磨屋の菩提寺、高輪《たかなわ》の長応寺で行われた。

喪主は大番頭の喜兵衛がつとめていて、参列しているのも、播磨屋の奉公人が僅かという有様である。

「驚きましたね。市之丞夫婦には身よりがないということでしょうか」

源三郎がささやいた時、境内に二人の武士が姿をみせた。

参詣に来たという様子で本堂に合掌し、さりげなく帰って行く。

「源さん」

そっと、東吾が源三郎の耳に口を寄せた。

「紋をみたかい。剣かたばみだ」

「もう一組、来ましたよ」

顔は本堂のほうへ向けたまま、源三郎が応じた。

やはり、侍だが、着ているものは前に来たのよりも、野暮ったい。

一人が去って行く二人連れの武士を二、三歩追いかける様子をみせたが、もう一人の老武士がそれを止めた。

低声《こごえ》で話しているのが、薩摩なまりであった。

この二人も本堂に合掌して、足早に去った。

「なんとなく筋書が読めて来たな」

寺を出て、金杉橋のほうへ戻りながら東吾が苦笑した。

「こいつは奉行所の手に負える仕事ではなさそうだ」

五

だが、五日ばかりして、源三郎が「かわせみ」へ来た。

「例の播磨屋の件ですが、さる筋よりお奉行のほうへ、内々の探索方の依頼があったそうです」

探してもらいたいといって来たのは一通の手紙だという。

「ここから先は、東吾さん、聞かなかったことにして下さい」

前の将軍の御台所《みだいどころ》は京都の公卿《くげ》の姫という名目で嫁いで来たが、もともとは西国の藩主の養女であり、その一門の娘であった。

前将軍他界の後も大奥にあって、現在の将軍の養母として重きをなしているが、その人の傍に仕える奥女中で美代路という者が、やはり、前御台所と同じ藩の重臣の娘であった。

「要するに、その奥女中と丸に十の字の藩の武士とが、手紙のやりとりをしていましてね。それが時候見舞かなにかならよかったのですが、御政治向きの秘事を知らせるものとなると厄介なことになります」

悪いことに、その手紙のやりとりをしていた藩士の、妻の弟が、病弱で家を継ぐことが出来ず、若隠居をして御殿山の近くに独り住いをしている。

「そこへ、いつの間にか、過激な連中が集って、天下国家を論じ、ついでにあちらの藩の内情などを迂闊《うかつ》にも喋りまくっていたというわけです」

東吾がうなずいた。

「成程、そこへ剣かたばみが密偵を入れたというわけか」

「すずという女は、播磨屋の番頭がいったように速水市之丞の妻女ではなく、播磨屋が世話をした身の廻りの面倒をみる女中だったのですが、どうやら、市之丞は、この女に手をつけたようです」

勿論、おすずを幕閣の重臣が送り込んだ密偵とは、市之丞は知らない。

「つまり、紛失した手紙は、女房の弟をなぐさめようと、義理の兄が持って来てみせたのでしょう。こういうことになっているから、間もなく世の中がひっくり返る。そうなれば、また、花の咲く日もあろう、力にもなるから、と……まあ、そこまではよかったのですが、深酒をし、つい、その大事な手紙を市之丞のところへ忘れて帰ってしまった。それが東吾さんが滝川どのの所へ行かれた前の日のことです」

翌日、事情は急変した。

「市之丞の義理の兄、井上文平というそうですが、その者は藩邸で、仰天するようなことを耳にした。つまり、藩の秘密がどうも幕閣に洩れている。いったい、出所はどこなのだという話を聞いていると、次第に思い当ることがあったのでしょう。それらは自分と仲間が市之丞の家で喋っていたことばかりだったからです。てっきり、井上は、獅子身中の虫は市之丞だと思い込んだ」

「それで、やって来て叩っ斬ったが、家の中を探しても、昨夜忘れて行った大事な手紙がみつからなかったというんだな」

「その通りです。その手紙がもし公けになれば、西国の雄藩はもとより、前御台所にまで迷惑が及ぶ。まさに一大事です」

「しかし、すずが持ち出したんじゃないのか」

「前夜、すずは来ていなかったそうです」

来たのは、事件の当日である。

「その連中は、女を殺したんだぞ」

「すずは、持っていなかったといいます」

東吾が視線を庭へ向けた。

この二、三日、秋は日ましに深まって、銀杏《いちょう》の梢《こずえ》が黄色くなった。

「だがなあ、源さん、なんだってお奉行が西のほうの大名の手伝いをするんだ。あいつらが京都の御所の連中と手を組んで、お上の屋台骨をゆすぶってるのは、三つの子供だって知ってることだぜ」

殊に御用金と称して盗賊が江戸の富商をねらい、その連中を町方が追いつめたら、西国の雄藩の上屋敷へ逃げ込んだなぞということが続出している昨今でもあった。

「それが、お奉行に依頼されたのは、剣かたばみのほうなんですよ」

「なんだと……」

「つまり、女密偵を入れていたほうなんです」

「どういうことなんだ。源さん」

「その手紙が公けになると、我々が考える以上に危いことが持ち上るのでしょうな」

源三郎が深いまなざしになった。

「下手をすると藪を突ついて蛇を出す、今はその時期ではないと、御老中あたりも考えて居られるのでしょう」

「すると、闇から闇へ葬るってことか」

「ことは、大奥がらみですからね」

「しかし、探したんだろう」

市之丞の住んでいた播磨屋の隠居所である。

「そのようです。丸に十の字の藩も、剣かたばみのほうも、です」

「みつからないのだな」

「それで困り果てているわけです」

「そりゃあ無理だよ」

小さな家のことであった。

おそらく天井裏から畳の下まで、ひっくり返して調べたに違いない。

「東吾さんに御殿山まで、もう一度、行ってくれというわけではありません」

源太郎に、事件の当日のことを、何度も問うてみたといった。

「ちょっと面白いことがわかったんです」

源太郎が花世を探して竹林のところへ来た時に、誰かが隣家へ入って行くのをみた。

「源太郎はそれを花世ちゃんと思ったそうですが、よく考えてみると、その時、花世ちゃんはもう隣家のかくれ部屋へ入り込んで、いつまで経っても源太郎が来ないので、待ちくたびれて寝てしまったわけですから花世ちゃんではありません」

とすると、誰だったのか。

「花世ちゃんと思ったということは、着物が女だったからではないでしょうか」

大人と子供の差はあるが、少くとも、武士を花世と思うというより、女を花世と思うほうが近いのではないかと源三郎はいった。

「すずだというんだな」

東吾が考える番に廻った。

「その時刻に、すずがあの家へ行った。市之丞はなにをしていたのか知らないが、少くとも、すずが来たことを知らなかった」

そうでないと、あとで侵入者を、

「すずか」

と訊いたのが怪訝《おか》しくなる。

「とにかく、すずは偶然、手紙をみつけた。そして、人が来る気配を知って、かくれた。となると、手紙はすずが持っていた」

あとは、すずが殺される前に接触した人物である。

「一人は源太郎、もう一人は、花世か」

「源太郎は手紙を知りませんでした。申しわけありませんが、花世ちゃんがなんでもいうことをきくのは、東吾さんですので……」

まっしぐらに、東吾は本所の麻生家へ行った。

宗太郎はいつものように患者を診ているし、母親の七重は赤ん坊の小太郎の世話をしている。

花世は一人で人形遊びをしていた。

東吾をみると、びっくりした顔で、

「とうたま、いらっしゃいませ」

とお辞儀をした。

いつものように、とびついて来ないことで、東吾は花世の秘密を察知した。

「花坊に、どうしても聞きたいことがあって来たのだよ」

人形の髪を撫でながら、東吾はゆっくりいった。

「花坊はとうたまが好きか」

「とうたまは、花坊が好きか」

同じような調子で花世が訊く。

「好きだとも……」

「だれよりも、一番……源太郎ちゃんよりも……」

成程、と東吾は内心、驚いていた。

こんなちびでも、女は女だと思う。

「そうだ。花坊が一番だ」

花世がとび上って、東吾に抱きついた。

「そんなら、いいもの、みせてあげまちゅ」

東吾の腕からすべり下りて、人形の着物の入った手箱の下から、小さくたたんだ紙をひっぱり出す。

「はなの、ここに入っていたの」

自分の懐を指した。

「この前、みんなで遊びに出かけた時か」

「そう……とても、きれいなの」

手に取って、東吾は眺めた。成程、きれいな紙に違いなかった。

上等の薄く漉《す》いた紙は上は薄紫、下は薄紅色のぼかしに染めてある。おまけにところどころに金銀の砂子を散らしていて、その上に女文字がさらさらと水茎《みずくき》の跡もうるわしい。

「よく、着替えの時、お母様にみつからなかったな」

「すぐにしまったの。みつかって、とり上げられるのいやでちゅから……」

「成程なあ」

東吾はそれを丁寧に折りたたみながら思案した。

これを、花世から頂戴するには、いったい、なにを代りに買ってやったものか。

花世はそんな東吾の表情を面白そうに眺めている。

薬研堀《やげんぼり》の猫《ねこ》

一

このところ「かわせみ」は鼠《ねずみ》の被害で悩まされていた。

夜中に天井裏を走り廻るのはまだしも、台所の土間においてあった芋や大根を齧《かじ》ったり、帳場の神棚に供えてある饌米《せんまい》を食い散らしたりと、跳梁《ちょうりょう》が激しい。

お吉が、盛んに猫の啼《な》き真似をしたり、箒《ほうき》の柄で天井板を叩いておどしたりしたものの一向に効果がない。

一番、手っとり早いのは、猫を飼うことだが、客商売であれば、泊り客に猫ぎらいもいるだろうし、第一、ところかまわず爪をとがれてはたまったものではない。

石見銀山《いわみぎんざん》ねずみとりの毒団子を作るのも、やはり客商売としては憚《はばか》られた。

で、板前があっちこっちにねずみとりを仕掛け、

「今朝は一匹ひっかかっていました」

だの、

「えらく、でっかい、どぶねずみで……」

などといっているのを、るいは憂鬱な気分で聞いていた。

仕掛けにかかった鼠は、若い衆が金網の籠ごと、大川にざんぶり漬けて水死させてから流すのを知っているからで、鼠を目の敵《かたき》にしているお吉にしても、それは気持のよくないものらしく、若い衆が川へ行く前に、不運な鼠に、

「なむあみだぶ、なむあみだぶ」

と、引導《いんどう》を渡してやったりしている。

「今年はどこも鼠がふえて困っているらしいよ。源さんの所は、とうとう猫を飼ったそうだ」

講武所から帰ってきた東吾が報告して二、三日後、町廻りの帰りに立ち寄った畝源三郎の話によると、

「源太郎が野良猫を拾って来たのですよ。鼠は出ませんが、その代り、膳の上の魚をくわえて行かれたり、泥足で板の間を歩き廻ったりで、女どもがぎゃあぎゃあ、さわいでいます」

という有様らしい。

十二月になって、深川の長寿庵の長助が、

「新しい蕎麦粉が信州から届きましたので」

と、自分で「かわせみ」へ背負って来た。

ちょうど、東吾が家にいて、

「折角、来たんだ。寒さしのぎに一杯やって行けよ」

遠慮する長助を居間へひっぱり込んだ。

「かわせみ」自慢の鉄火味噌で、熱燗を二、三本、いい調子で舌がなめらかになった長助が、世間話をはじめた。

「それが、どうも馬鹿馬鹿しいと申しますか、この御時世になにを考えてやがるんだといいてえような話なんですが、猫が行方不明になったんで探してくれろとお届けが番屋に出まして……」

届け出たのは、柳橋の売れっ妓で小てるというので、

「可愛がってた三毛猫のおたまってのが、先月の二十九日から帰って来ねえんで、どうぞ行方を探してくれろと番太郎に泣きついて来たそうでして……」

一日に二度も三度も番屋へやって来るので番太郎の親父が困って、近くに住む岡っ引の駒吉というのにいってやったが、無論、相手にされなかった。

「まあ、そりゃあそうなんで、世の中、不景気で、この暮が越せねえとさわいでる人も少くねえというのに、たかが猫一匹のことでお上のお手をわずらわそうてえのは、駒吉の奴がむくれるのも無理じゃございません」

「でもねえ、長助親分」

と口を出したのは、おでんの鍋を長火鉢にかけていたお吉で、

「可愛がって飼っていた犬だの猫だのが急に居なくなっちまえば、やっぱり心配になりますよ」

東吾の皿に、まず好物の大根だの、竹輪だのをよそいながら同意を求めた。

「小てるって芸者の三毛猫はかわいいのかい」

長助の盃へ酌をしてやりながら、東吾が訊《き》く。

「当人の申しますには、器量よしで、大層、利口だとか……」

「親分は小てるに会ったのか」

「へえ、実は昨日、畝の旦那のお供をして、あの近くまで行ったんですが、なんと、小てるが旦那に直訴したんです」

薬研堀のところに待ちかまえていて、源三郎の前へとび出して来たという。

「源さんのことだ、話をきいてやったんだろう」

「ですが、旦那もお困りのようで……」

「八丁堀の旦那が、またたび持って猫探しも出来ねえな」

その時の源三郎の表情が目に浮ぶようだと東吾は笑ったが、長助は気の重い顔をしている。

「まだ、なにかあるのか」

「いえ、その……小てるの奴が、定廻りの旦那にお願いしたから、必ず、おたまの行方は知れると町内に触れ歩いて居りまして……」

「源さん、色っぽい女にすがられて、調子のいい返事をしたんだな」

「とんでもねえ。小てるの思い込みでございますよ」

「まあ、どこかから、三毛猫を拾って来てやるんだな」

それにしても、他人の飼い猫を盗んで行く奴がいるとしたら、江戸に鼠が増えたせいではないか、いや、さかりがついて、どこかへしけ込んでいるのだろうなぞと、その夜の「かわせみ」では笑い話で終ってしまった。

数日後、東吾は「かわせみ」へ遊びに来ていた麻生家の花世を本所の屋敷へ送り届けての帰り、万年橋のところで、畝源三郎に出会った。

源三郎の背後に長助がついている。更に一足下って、若い岡っ引が一人。

「これから柳橋へ行くところです」

嬉しそうな顔で源三郎がいった。

「どうも、女と猫はしつっこいので厄介ですな」

「三毛猫探しの一件かい」

なんとなく源三郎と肩を並べる恰好で、東吾も川沿いの道を歩き出した。

「今度は、なんだってんだ」

長助が背後の若い男をちらとみて、東吾に答えた。

「この野郎が、つまらねえことを、旦那のお耳に入れやがるもんでして……」

若い男が、東吾へ向ってぺこりと頭を下げた。

「お世話をおかけ申します。駒吉と申しやす」

源三郎が苦笑し、長助が話を続けた。

「この前、お話し申しました小てるでございますが、猫の立ち廻りそうな先を一軒一軒訊いて歩きまして、とうとう、薬研堀の彦四郎という隠居が、おたまを抱いて行ったのを見たって奴をみつけましたんで……」

「で、いたのか、おたまさんは……」

「居りません」

といったのは駒吉である。

「隠居は、なんといっているんだ」

「そいつが……旅に出てますんで……」

「なんだと……」

「先月末から箱根へ湯治に行って居りまして、留守なんです」

「家にゃ、誰もいねえのか」

「悴の源七、といっても養子ですが、それと女房のおたねが働いて居ります」

「商売は……」

「貸本屋で……」

東吾が面白そうな表情をした。
「俺も、ちょいと行ってみよう」
両国橋を渡ると広小路で、薬研堀はその西側、大川から流れ込む水が掘割で止ってい
る。
水はよどんで濁っている。が、深さはかなりのもののようだ。
駒吉が先に立って行ったのは、薬研堀の行き止りのまん前、米沢町三丁目の角の家で
西側は武家屋敷、堀の向いは松平丹波守の下屋敷で、町屋としては一番奥のほうだから
夜なんぞはひっそりするだろうという所にある。
もっとも、東と北側は町屋、それも柳橋の花街で料理屋の、それもなかなか立派な店
がまえが並んでいる。
貸本いろいろ、と書いた布看板の出ている小さな店先へ男四人が立った時、なかから
甲高い女の声がした。
「姐《ねえ》さんも、いい加減、しつっこいじゃありませんか。いくら、いわれたって肝腎のお
父つぁんが留守なんですから……」
青白い顔で目を吊り上げている女を、傍の男が制した。
「まあ、お待ち。小てる姐さんだって酔狂で家へお出でなさるわけじゃないんだか
ら……」
店先の人影へぎょっとしたような視線を向けた。すかさず、源三郎がずいと土間へ入

る。

「旦那、来て下さったんですか」

店先に立ちすくんでいた女がふりむいて、源三郎にすがりつきそうな素振りをみせた。縞のお召《めし》に黒縮緬《くろちりめん》の羽織、つぶし島田がなんともよく似合う女で、東吾はこれが柳橋の小てる姐さんかと内心、うなずいた。

女にしては上背があり、勝気そうな目鼻立ちは、どこか、源三郎の女房のお千絵に似ている。ということは、源三郎の好みの女だ。

「あたしは、なにもいやがらせで来ているんじゃありません、おたまちゃんのみえなくなった二十九日に、ここの御隠居が、うちのおたまちゃんそっくりの三毛猫を抱いて歩いているのを、そこの橋ぎわの煎餅《せんべい》屋の小僧さんがみたといったから、もしやと思って訪ねて来たら……旦那、見て下さい」

いきなり、小てるが右手を開いた。掌に金色の小さな鈴がのっている。

「これ、うちのおたまちゃんのつけていた鈴なんです」

源三郎が節くれ立った指で、その鈴をつまみ上げた。

「どこにあった」

「すぐ、そこです」

小てるが指したのは、この店の前の道である。

「うちは、人様の猫なんぞ盗んで来やしませんよ」

叫んだのは、上りかまちに立ちはだかっている女で、駒吉がそっと東吾に、

「女房のおたねで、むこうが亭主の源七です」

と教えた。

源七のほうは三十のなかばだろう、男にしては華奢《きやしや》な体つきだが、実直そうな感じがする。女房は、青筋立てて怒っていなければ、まず平凡な働きものというふうで、おそらく亭主に手伝って本の片付けでもしていたのだろう、裾をはしょって、襷《たすき》がけという恰好である。

小てるが何遍いったらわかるんだろう、と呟いた。

「あたしはなにも、こちらの御隠居さんが、おたまちゃんをさらったなんていってませんよ。もしも、御隠居さんが猫を抱いて帰って来なすったのなら、その猫はそれからどっちへ行ったのか、もし、お心当りがあったら教えて下さいって頼んでいるんです」

亭主の源七が、軽く頭を下げた。

「それが、あいにく、わたしも女房も、親父が猫を抱いて帰って来たなんてのを見ていないんですよ」

源三郎が鈴を小てるに返してから、源七夫婦にむき直った。

「たかが猫一匹のことだが、飼主にしてみれば我が子同然に可愛がっていたもの。もし、なにか心当りがあれば、いってやるがよい」

「心当りもなにも……」

源七が途方に暮れた様子で続けた。

「こちら様がおっしゃる、先月の二十九日でございますが、手前どもは親父と一緒に夕《ゆう》餉《げ》をとりましたが、その折にも、この家には猫一匹居りませず、親父の口からも猫の話なぞ全く聞いて居りませんので……」

東吾が源三郎の脇に立った。

「ところで、ここの隠居は留守だそうだな」

長身の侍がもう一人出て来たので、源七は怯《おび》えたような表情になったが、

「へい、箱根へ湯治に行って居ります」

と応じた。

「出かけたのは、いつなんだ」

「三十日の朝早くで……」

「帰りは……」

「さあ、決めて参りませんでした。親父は旅が好きで、しょっちゅう、あちらこちらへ出かけて居ります。今度も箱根で湯治をしたあと、体の調子がよければ、正月は伊勢参宮をしてみたいなぞと申しまして……」

「相当の長旅だな」

「隠居の気楽な身分でございます。それに、あちこちに旅で親しくなった知り合いもありますとか……」

「路銀はどれほど持って出たのだ」

源七が女房と顔を見合せた。

「よくは存じません。なにしろ、親父はかなり金を持って居りまして、それをどのように遣《つか》って居りますのやら……」

女房がいった。

「あたしからは、五両、取り上げて行きましたよ」

「大金だな」

今年は気候不順で、秋になり米の値段が上った。江戸では金一両で米は五斗四升二合五勺という相場だが、実際には、もう少々、高値で売られている。

が、一両あれば大人一人が一年間食べられるほどの米が買える。

「ここの隠居はよく旅に出るらしいが、出かける度に、そんな大金を渡してやるのか」

「そんなことはございません」

源七が遮《さえぎ》った。

「このたびは伊勢へ足を伸ばすかも知れないと申しますし、そうなれば知人を訪ねて京大坂へ出ることも考えられますので……」

「隠居はいつも一人旅か」

「町内の皆さんからお誘い頂いて参ることもございますし、一人の時も……近頃は一人がのんきでよいなぞと申しまして……」

「三十日の旅立ちには、誰か見送ったのか」

「女房が両国広小路まで……手前は風邪気味で、家の前で別れを申しました」

東吾が小てるへいった。

「どうも、肝腎の隠居が留守じゃ埒《らち》あかねえな」

彦四郎は小てるの猫を捨て猫かなにかと間違えて、抱いて来たのかも知れないが、

「そこは畜生のことだ、このあたりで逃げ出したのだろう。その時に、首の紐についていた鈴が落ちたか……」

駒吉が鼻をうごめかした。

「それ見ねえ、俺のいった通りじゃねえか。もう、人さわがせはいい加減にやめねえと、お前さんも人気商売だ、評判を悪くしちゃあ座敷にさわるぜ」

小てるが黙って家を出て、東吾がすぐ後に続いた。

「すっきりしねえ顔だな」

広小路へ歩き出しながら訊いた。

「あそこの隠居が、おたまちゃんをつれて行ったのは間違いないんです」

低いが、きっぱりした口調であった。

「うちのおたまちゃんはお利口で、知らない人が頭を撫でようとしただけで逃げます。だから……」

「彦四郎とは知り合いか」

「時々、本を届けがてら、うちへ来るんですよ」

稼業が貸本屋であった。

「あたしはあんまり読みませんけど、おかあさんだの、傍輩《ほうばい》だのが、とっかえひっかえ借りてますから……」

「彦四郎というのは、いくつだ」

「五十二、三じゃありませんか」

「猫が好きなのか」

「大好きみたいですよ。うちのおたまちゃんにも、しょっちゅうお土産を持って来てくれましたし……でも、おたねさんが猫ぎらいなんで、家では飼えないって、こぼしていたことがあります」

「彦四郎なら、おたまちゃんは大人しく抱かれて行くと思うのだな」

「ええ、あたしの次になついていましたからね、それに井筒屋の小僧だって、貸本屋の隠居が猫を抱いて行くのを見ているんですから……」

ふっと声を落していった。

「あたし、猫殺しはおたねさんだと思います」

「猫殺し」

「おたねさんは猫がきらいだから、隠居がつれて来たおたまちゃんを見て、叩いたか放り投げたかして、殺しちまったんじゃないかと思うんです。隠居がいってたことがあるんです。うちの嫁は生きものを殺すのが平気で、いつかも罠《わな》にかかった鼠を薪《まき》ざっぽうでぶち殺したって……」

「そいつはすごいな」

源三郎と長助が追いついて来て、東吾は小てるにいった。

「とにかく、俺も調べるだけは調べてやる。もう、あんまり動き廻らねえで、お上にまかせとくんだ」

小てるはびっくりしたように東吾を眺めたが、忽《たちま》ち、目に涙を浮べた。

「ありがとうございます。何分、よろしくお願い申します」

肩を落して広小路を横切って行った。

「東吾さんも、いい女には弱いようですな」

源三郎がささやき、東吾は長助に訊いた。

「小てるの家は、どこなんだ」

「柳原同朋《どうぼう》町でございます」

とすると、両国広小路を横切って神田川のほうへ入ったあたりであった。

「もし、貸本屋の隠居が、猫を抱いて帰ってくりゃあ、このあたりを通るわけだな」

広小路へ出る角の店が井筒屋という煎餅屋であった。

小僧が一人、店の前の掃除をしている。

「お前、この奥の貸本屋の隠居が、猫を抱いて帰って行くのを見たそうだな」

東吾が気易く声をかけ、小僧は箒の手を止めた。

「小てる姐さんの猫だといったわけじゃありませんよ」

「二十九日の夕方か」

「晦日《みそか》の前の日だったから……」

「隠居は自分の家のほうへ帰って行ったんだな」

店の奥から、主人らしいのが心配そうに出て来た。

「また、小てる姐さんの猫のことで、なにか」

東吾が破顔した。

「どうも、猫はたたるな」

主人に訊いた。

「三十日に、貸本屋の隠居が旅に出たのは知っているか」

「おたねさんが午《ひる》すぎに煎餅を買いに来て、また、お父つぁんが箱根へ湯治に出かけた。暮が来て、なにかともの入りなのに、年寄りは勝手で困るとこぼして行きましたから……」

「成程」

井筒屋の前を通って広小路へ出た。

米沢町三丁目、二丁目、一丁目と広小路に面してずらりと商家が軒をつらねている。

「この中で、朝の早い店はどこだ」

東吾が長助に訊き、長助が家並を眺めてから答えた。

「蕎麦屋は間違いなく、朝が早《はよ》うございますが……」

一丁目に若松屋という蕎麦屋の暖簾《のれん》がみえる。

「よし、行ってみよう」

東吾が歩き出した時、駒吉が薬研堀のふちを走って来た。

今まで、源七夫婦をなだめていたらしい。

「どうも、猫、猫と責めたてられて、だいぶまいって居りますんで……なにせ、かみさんが猫ぎらいで、猫と聞いただけで寒気がするとか……」

歩きながら東吾が駒吉に訊いた。

「彦四郎ってのは、この土地の人間か」

「今のところへ来て二十年にはなるんじゃありませんかね」

駒吉の父親の話だと、

「なんでも、若え時分はお侍だったとか」

くわしいことは知らないという。

「さっき、小てるに訊きそこなったんだが、猫が居なくなったのに気がついたのは何刻《なんどき》頃なんだ」

「気がついたのは、夜、お座敷から帰って来て、だそうですが、居なくなったのは多分、夕方だろうてえことです」

芸者屋は日の暮れ時から忙しくなる。

大体、八ツ下り（午後二時すぎ）から湯屋へ行き、髪を結ってもらって着替えをし、声のかかっているお座敷へ出かけて行くのが暮六ツ（午後六時）あたりであった。

「小てるの話だと、湯屋から帰って来た時は縁側の日だまりに寝そべっていたと……」

「その日、彦四郎は芸者屋へ来ていたのか」

「へえ、新しい絵草紙を届けに来て、あそこの婆さんと芝居の話をして帰ったというんですが……」

「帰った時刻は……」

「よくわかりませんが、芸者衆が湯屋から帰って来たあたりで、婆さんも忙しくなりますんで……」

妓達に腹ごしらえをさせてやったり、着付けを手伝ったり、こまごまと用がある。話し相手がなくなれば、自然、彦四郎も腰を上げることになる。

「時刻からすると、井筒屋の小僧が猫を抱いて帰って行く彦四郎を見たというのと平仄《ひょうそく》が合うな」

「だからって、源七夫婦が猫をかくしているとは思えませんが……」

不満そうな駒吉を後に、東吾は若松屋へ入って行った。

長助が心得て、すぐに主人の幸兵衛を呼んで来た。

「手間を取らせてすまないが、この家で一番の早起きは誰なんだ」

「それは、職人でございます」

「呼んでくれないか」

出て来た蕎麦職人は万三といい、ぼつぼつ初老という年である。

「あんたは、この店の住み込みか」

万三がうなずいた。

「一昨年、女房に先立たれまして、悴は日本橋のお店《たな》に奉公していますんで、こちらへ御厄介になって居ります」

「寝る場所はどこだ」

「へえ……」

店の奥が土間で、その右側に仕事場がある。仕事場から二階へ梯子段があり、上った狭い部屋が万三の起居するところであった。

格子をはめ込んだ小窓は広小路の通りに面している。

「あんたは早起きだそうだな」

「旦那が、あまり無理はするなとおっしゃいますが、この年になりますと、夜明け前には目がさめてしまいます」

およそ七ツ半(午前五時)には起き出すといった。

「その代り、夜は早くに休ませてもらっていますんで……」

「先月晦日の朝だが、三丁目の貸本屋の隠居が旅立って行ったのを知っているか」

「へえ、存じて居ります」

二階から下りて、まず店の戸を開けた。

「目の前を人が通って行きまして、あとからそれが貸本屋の隠居とわかったんですが、後から女が声をかけまして道中気をつけて、なるべく早く帰って下さいよ、と二度ばかり申しますのが耳に入りましたんで、一足二足、外へ出てみますと、おたねさんが傍へ来ました」

「あんた、貸本屋を知っていたのか」

「彦四郎さんは蕎麦が好きで、よく店へ来ますし、嫁のおたねさんは内職に仕立物をしてなさるんで、こちらのお店でもお内儀《かみ》さんが贔屓《ひいき》にしていなさいまして……」

「わかった。それで、おたねはなにかいったのか」

「今、お父つぁんが箱根へ湯治に行ったと」

「彦四郎とは話をしなかったのか」

「手前が店から出ました時には、もう広小路の角を横山町のほうへまがって行きましたんで……朝靄《あさもや》の中に後姿がみえました」

「顔は見なかったのか」

「へえ」

「しかし、戸を開けた時、店の前を通って行ったんだろう」

「頬かむりをして笠をかむって居りましたんで……」

傍から主人の幸兵衛がいった。

「晦日は、源七さんが蕎麦を食べに来まして、お父つぁんが、また、旅に出たと申しました。年の暮に箱根へ湯治とは、いい御身分だと冗談を申しまして……」

「彦四郎は、よく旅に出るらしいな」

「大層、旅好きで、年に二、三度は出かけて居りますとか。ここの町内でも、時折、大山詣でとか、月見、花見の遠出の催しがございますが、彦四郎さんは欠かしたことがございませんくらいで……」

若松屋を出ると、源三郎がいった。

「ついでと申してはなんですが、名主の家へ寄ってみますか」

駒吉には、もう帰ってよいといい、長助だけがお供について米沢町の名主、小西左衛門の家へ行った。

名主だけに、小西左衛門は彦四郎の素姓を知っていた。

「お侍の出と申しましても、ごく身分の低い、それも渡り奉公のようなことをしていたと申します。彦四郎さんというのは力自慢で、若い時はそれでもいいが、いつまでもそうも行かないと、世話をしてくれる人があって貸本屋の養子に入りました」

それが今の薬研堀の家だといった。

「当時は女所帯で、彦四郎さんの女房になったおすみさんと母親の二人暮しだったんでございます」

この聟入りの世話をしたのは、地本問屋《じほん》の近江屋平八で、

「と申しましても、近江屋の先代の主人でございます。彦四郎さんは読本《よみほん》のようなものを書いては近江屋へ持ち込んでいたそうですが、とても売れるような代物ではなく、それで近江屋から絵草紙などを仕入れていましたおすみさんのところへ聟に入ることを承知したのでございましょう」

おすみのほうでも男手が欲しかったので、この縁組はうまくまとまったものだという。

「五、六年ほどして、おすみさんの母親が歿《なくな》りまして、その時に、もし、この先、夫婦の間に子が出来なかったら、遠縁に当るおたねという娘を養女にするよう遺言があったとか。結局、その通りになりまして、おたねさんが二十の時に、それまで手代として働いて居りました源七を聟にしましたので……」

つまり、彦四郎にとって、源七とおたねは血の続きのない養子夫婦ということになる。

「彦四郎は旅好きで、始終、出かけてばかりいるそうだが、源七夫婦にしてみれば、とんだ費《つい》えだろうな」

東吾の言葉に名主が首を振った。

「まあ、それはそうでしょうが、二人とも、働き者のようでして……」

小てるの猫の話も耳に入っていたが、

「猫などと申すものは、首に縄をつけておくわけにも参りませんし……」

まさか、彦四郎が旅に連れて行ったわけでもあるまい、と笑っている。

帰りは横山町へ出た。

この通りは本町通りへ続いている。

「東吾さんは彦四郎に、なにか疑念をお持ちなんですか」

源三郎に訊かれて、東吾はちょいと横町をのぞいた。

その道は薬研堀に抜ける路地で、片側は武家屋敷、もう一方は米沢町の町屋だがいわゆる料理屋が続いていた。

日の暮れ時で、客を出迎える時刻だが、その入口は大抵が逆の方にあるらしく、この路地には黒板塀がひっそり並んでいる。

「別に、これというほどのことでもないんだが……」

すたすた歩き出しながら独り言に呟《つぶや》いた。

「どうも、猫が気になるんだ」

二

師走だからといって、なにも一日が短くなったわけでもないのに、慌《あわただ》しく暦が進んで、道ばたで猫をみかけるたびに、東吾は少しばかり憂鬱になった。

「かわせみ」へ来る長助の話では、小てるの猫は、まだみつからないらしい。

お上にまかせておけと大見得を切った手前、東吾にしてはどうも具合が悪い。

で、その日、日本橋の本町通りまで、るいと暮の買い物に出た帰り、

「宗太郎のところを廻って帰るから……」

るいをお吉と一緒に帰して、自分は横山町へ向った。

両国広小路へ出て、柳原同朋町へ路地を入ると、

「旦那……お役人の旦那」

派手な駒下駄の音がかけ寄って来て、

「おたまちゃんのこと、なにかわかったんですか」

小てるが軽く息をはずませている。

これから湯屋へ行くところだったのだろう、下馬《したうま》つきの縞の着物に、半纏をひっかけている。

「すまないが、まるっきり手がかりはないんだ。お前のほうに、なにかいい話はなかったかと思って……」

「わざわざ、寄って下さったんですか」

うっとりした表情で、小てるが寄り添い、東吾は慌てた。

「その後、なにかあったか」

「なんにも……」

片手を東吾の肩へあてがって、小てるは所作《しょさ》のようないい立ち姿で、東吾を下から仰いだ。

「耳に入るのは、いやな話ばっかり……」

聞いて下さいますか、と誘われて、東吾はあたりを見廻した。往来の人々が、にやにや笑いながら、こっちを見て行く。

「往来で立ち話もなんだ、蕎麦でもつき合わないか」

小てるは喜んでついて来た。

行った先はこの前、話を聞いた若松屋で、主人は東吾の顔をおぼえていた。が、その背後から小てるが入ってくると、戸惑ったふうで、頭を下げる。

東吾はかまわず、隅の席を占めた。

種物に酒を一本。小てるがいい手つきで東吾の盃に酒を注ぎ、東吾も小てるに酌をしてやった。

「いやな話って、なんだ」

「貸本屋が、あそこから出て行くらしいんですよ」

「源七夫婦がか」

「あたしがあんまり猫のことで嫌がらせをしたので、すっかり気が滅入ったとかで、とりあえず夫婦で隠居のいる箱根へ湯治がてら行って来る。もし、隠居が承知したら、あそこを売って、他の土地で商売をするって、名主さんに話したんですって」

「それで、もう、箱根へ発ったのか」

「まだ、いますよ。でも、箱根へ行くのに金がいるからって、本や家財道具を売ってしまったって聞きましたから……」

「随分と急だな」

源七夫婦について、漠然と感じていた疑惑が急に大きくなった感じであった。

「あの夫婦が旅に出たら、なんとか、あの家の床下を掘ることは出来ませんかね」

酒を飲みながら、小てるがとんでもないことをいい出した。

「床下に猫が埋めてあるというのか」

「夢を見るんですよ」

うつむいて、ぽつんといった。

「おたまちゃんが、まっ暗な地の底みたいなところで、あたしに助けてくれって啼いているんです」

「あんた、よくよく猫が好きなんだな」

「おたまちゃん、捨て猫だったんです。あたしも似たようなもんだったから……」

「あんたが捨て子……」

「親がおき去りにしたんですって。おっ母さんが男と逃げて、お父つぁんは別の女の所へ行っちまって……三つの時だったたって聞いてます」

他人の家を転々として、十三で芸者屋へ売られて来た。

「おたまちゃんって、猫のくせにあたしに似てたんです。人みしりで、意地っぱりで、寂しがり屋で……」

店の前を、男が三、四人、走って行くのが暖簾越しにみえた。

その一人が駒吉とわかって、東吾はすばやく金をおいた。

「ちょっと、行ってみる。あんたは家へ帰ってくれ。今の話、源七のことは、友達に相談してみるから……」

だが、小てるは東吾について来た。

両国橋の手前で、東吾は駒吉に追いついた。

「若先生……」

駒吉が血相を変えていた。

「薬研堀に猫の死体が浮いてまして、そいつが……」

小てるがかけ出し、男達がそれを追い越して突っ走った。

大川は、このところ水かさが落ちていた。今は引き汐の時刻で、更に橋桁《はしげた》がむき出しになっている。

その大川に続く薬研堀は、常よりも濁ってよどんでみえた。

人が固まってさわいでいる。

堀水の上に猫が浮いて、漂っていた。

体に紐のようなものが、からまっている。

その紐の先は水面下へ続いて、よく見ると、なにか黒く大きなものが動いているようであった。

「駒吉、猫と、その紐の先のものをひき上げるんだ。気をつけろよ。下手に水ん中へ落り出した。

「すと、とんだことになるぞ」

東吾にどなられて、駒吉は若い衆に命じて大川のふちにもやってあった小舟をひっぱり出した。

何人かが、身軽く舟にとび乗る。

東吾の背中に小てるがとりついた。

男達が小舟の上から注意深く、竿を水面へのばしている。

まず、猫の死体が取り上げられた。その体に巻きついている紐をそっと引く。

「若先生、長持でござんす」

駒吉がいい、東吾はそれで決心がついた。

「ひき上げさせろ。それから、誰かを源七の家へやってくれ。もし、源七夫婦が逃げ出すようなら、かまわねえから、ひっくくれ」

駒吉がさっと緊張した。

「そういうことなら、あっしが……」

流石《さすが》、江戸の岡っ引で、ことの重大さがぴんと来たらしい。

「おい、手前ら、あとは若先生のお指図を受けろ」

舟の上の連中にどなっておいて、ぱあっと背を向けた。

長持がさんざん苦労したあげく、漸《ようや》く小舟の上へおさまった。

「蓋を開けろ」

堀のふちから、東吾が命じ、半分、開きかかっていて、辛うじて紐がまつわりついているのを、若い男がはずして、なかをのぞいた。

なんともいえない声を上げる。

「人が……人が……」

「よし、こっちへ漕ぎ寄せるんだ」

指図をしている東吾の背にしがみついて、小てるが、がたがた慄《ふる》え出した。

長持から出て来た死体は、ひどく傷んでいたが、着ているもので、彦四郎とわかった。

家から逃げ出そうとした源七とおたねは、駒吉にとり押えられて、番屋に曳かれた。

「それじゃ、源七さん夫婦が彦四郎さんを殺したんですか」

一件落着後の「かわせみ」の居間で、お吉が、もう何度も上げた金切り声をまた出した。

大体が化け猫だの幽霊だのに、滅法、弱い女ときている。

「お上のお調べに対して、源七夫婦が申し立てたそうだ。彦四郎はまだ、それほどの年でもない中《うち》に隠居と称し、好きな旅ばかりをして暮していたらしい。旅に出れば、それなりに金がかかる。貸本屋で得る金は知れている。隠居が湯水のように金を費消しては、暮しもままならぬ、女房のおたねは縫い仕事をして家計を助けたが、それでも火の車だ」

働いても働いても、生活は楽にならず、隠居の彦四郎だけが好き勝手な日々を送っている。

「おまけに彦四郎は力が強く、源七夫婦が苦情をいい立てると暴力をふるったという」

文句があるなら出て行けというのが彦四郎の口癖で、源七夫婦にしてみれば、今、出て行けば、これまでの歳月は只働きになると思い、ひたすら耐えているしかない。

「忍耐にも限度はあるだろう。源七もおたねも、彦四郎さえ死んでしまえばと考えるようになっていたのだ」

とはいえ、親殺しは重罪である。

「源七夫婦は、さまざまの手だてを考えていたようですな」

といったのは畝源三郎で、久しぶりに腰をすえて飲んだせいか、かなり赤い顔になっている。

「機会は思いがけずやって来たのでして、二十九日の夕方、彦四郎はすっかりなついている小てるの猫が自分を追って来たので、つい抱いて家へ帰って来た。猫ぎらいのおたねが早く返して来てくれというのを無視して、猫を懐中に入れて酒を飲んでいる。頭に来たおたねは、以前に買っておいた石見銀山ねずみとりの薬を、鰊《にしん》の粕汁の中に放り込んで、彦四郎に食わせたというわけですよ」

鰊の粕汁は彦四郎の好物で、しこたま食ったあげく、気分が悪いと寝てしまった。そこへ源七が帰って来て、念の入ったことに紐で彦四郎の首を絞める。

「夫婦が力を合せて、家にあった長持に彦四郎の死体を入れ、漬物石を重しにして、草木もねむる丑三ツ時（午前二時）、薬研堀に沈めたのです」

源三郎が変な手つきをしたので、お吉の顔色がいよいよ青くなった。

貸本屋は薬研堀の突き当りの前で、近所は武家屋敷に囲まれたところだから、首尾よく誰にも気づかれずに長持を沈めることは出来たのだが、驚いたのは、小てるが猫を訊《たず》ねて来たことであった。

「そのことなんですが……」

神妙に話に加わっていた長助がいった。

「あっしがわからねえのは、なんで猫が一緒に沈められたんで……」

源三郎がお吉のほうを見て、もったいらしく笑った。

「そのことはあとで話すとして、東吾さんはどうして、源七夫婦をあやしいと思ったんですか」

黙々と飲んでいた東吾が首をかしげた。

「どうしてといわれると困るんだが、最初にあの家を訪ねた時、あの夫婦がやけにびくびくしていただろう。たかが、猫一匹の詮議に、なんだか奇妙だという気がしたんだ」

そのあげく、猫が行方不明になった翌日、彦四郎が旅に出た。

「箱根へ湯治に行くばかりか、場合によっては伊勢参宮、あげくには京大坂まで足をのばすかも知れねえという大きな旅に出るというのに、彦四郎は小てるの芸者屋でもその話をしていない。こいつは小てるに訊いたんだが、半日近くも世間話をしていて、その旅のことを口に出さないってのは怪訝《おか》しいじゃないか」

更に、井筒屋には晦日の午後、おたねが煎餅を買いに来て、わざわざ、隠居が今朝、箱根へ発ったと喋っている。

「若松屋には源七が蕎麦を食いに来て、やっぱり、彦四郎が旅に出たことを告げている。その上、蕎麦職人の話だと、いつもの時刻に店の戸を開けたら、彦四郎らしい男が旅姿で通りすぎ、それに対しておたねが二度も声をかけて、おまけに傍へ来て、今、発ったのは彦四郎だと念を押している。こいつはちょいと念の押しすぎだと思ったのさ」

もう一つ、貸本屋から横山町の通りに出る路地があり、そっちのほうがずっと近道だというのに、何故、彦四郎が薬研堀から両国広小路へ出て大廻りをして旅立って行ったのか。

「近道のほうは武家屋敷と料理屋の黒板塀ばっかりだ。夜明け前に、道を歩いて行ったって、誰も顔は出しゃしない。そこへ行くと広小路のほうは商売屋だ。一丁目には朝の早い蕎麦屋があって、そこの職人は年寄りだから、六ツすぎ（午前六時）にはもう表戸を開ける。つまり、その前を通れば、彦四郎が旅に出たという生証人に出会えるわけさ」

源三郎が東吾の盃に酌をした。

「成程、そこまでは気がつきませんでしたよ」

るいが亭主の顔を惚れ惚れと眺めていった。

「彦四郎さんに化けたのは、源七なんですね」

「その通り、適当に彦四郎らしくみせて、あとは人目につかないよう笠だの手拭の頰かぶりはやめて、源七らしく家へ帰って来ていたんだ」

得意そうな東吾にうなずいて、源三郎が咳ばらいをした。

「では、お吉さんに、猫の種あかしをしましょうか」

源七夫婦を取調べた結果、

「あの二人は、猫が長持の中に入っていたことを知らなかったんです」

「なんでございますって……」

「二人が申すには、逆上していて、彦四郎を長持に入れる時は夢中だったから、いつ、どうやって、猫が入ったのか、全く、見当もつかないと……」

お吉が怯《おび》えた声になった。

「じゃあ、どうやって……」

「考えられるのは、猫は彦四郎の懐中に入っていた。彦四郎が毒入りの粕汁を食べて、ひっくり返った時も、首を絞められた時も、その懐中にいた……」

「まさか……」

「つまり、彦四郎が食べたのは鰊の入った粕汁です。猫好きの彦四郎は食事をしながら、毒入りとは知らず、鰊を猫にも食わせたのではないか……」

「それじゃ、猫ちゃんも彦四郎さんの懐の中で死んでいたと……」

「少くとも、毒のせいで動けなくなっていたと考えられます」

夫婦は猫ごと、彦四郎を長持へ入れて紐をかけた。

「そこまではまあ、説明が出来ますが、ここからは、どうでしょうか」

事件のあと、薬研堀をさらって、重しに使った漬物石をみつけた。

「水の中で紐が切れたんですな。重しの石がはずれて、長持の紐がゆるんだ。そこから猫が流れ出した。ところが、この猫の体にどういうわけか、切れた紐の一部がからみついた。それで、猫が浮んで人目に触れ、紐をたぐって長持が上ったんです」

東吾が笑いを抑えていった。

「やっぱり、猫のたたりだろう。猫は魔物というからな。小てるの奴も、猫の夢を見るといっていた。猫が暗い底で、助けを求めて、にゃお、にゃおと悲しい声で啼いている」

「やめて下さい」

お吉が悲鳴を上げ、耳にふたをしてとび出して行った。

「では、手前もお暇《いとま》しましょう」

源三郎は立ち上って、るいの膝を枕に横になろうとしている東吾へいった。

「忘れていました。柳橋の小てるが、是非東吾さんにお礼を申し上げたい、一度、ゆっくりと膝突き合せて飲みたいから、春永《はるなが》になったら、お遊びに来て下さいとの伝言でした」

色男は羨ましいですな、と長助をうながして源三郎が出て行き、東吾はるいの膝から邪慳《じやけん》に放り出された。

「馬鹿、小てるってのは源さん好みの女なんだぞ、背が高くて、気が強そうで……あいつの女房にそっくりなんだから……」

雨戸に風の音がしていた。

もう十日足らずで正月が来る。

江戸《えど》の節分《せつぶん》

一

旧暦の時代、節分は元旦より以前にあるのが通例であった。

江戸では、その節分より早く、まず十二月十三日に煤払《すすはら》いの習慣がある。

大川端の「かわせみ」でも女中頭のお吉が若い衆に煤竹を買いにやらせ、朝から家中の煤払いをした。

これは大掃除というよりも、厄払いの意味があり、煤竹を依代《よりしろ》として正月の神様がやって来る、いわば祝いごとであるから、盛大に煤竹をふり廻して家中を払って歩くのは毎年、番頭の嘉助の役目であった。

その間に、神林東吾は神棚から古い神札を取り下し、るいが清掃をする。

古い神札は深川八幡へ持って行って払い納め、その代りに来年の新しいお札《ふだ》を頂いて来ることになる。

台所では板前が里芋や人参、大根、牛蒡《ごぼう》などの煮しめを作り、豆腐の味噌汁に塩鮭を焼いて、厄払いのお膳の仕度をする。

夕方には、これも例年通り、長寿庵の長助が蕎麦を届けて来た。

「なにしろ、明日は深川八幡の年の市でござんすから、永代橋のほうまで出見世が並び出しまして……」

えらいさわぎがはじまっているという。

江戸の年の市は深川八幡が皮切りで、そのあと、大きなところといえば、十七、十八日が浅草寺《せんそうじ》、二十日、二十一日が神田明神、二十二日と二十三日が芝神明宮、そして二十八日の薬研堀不動尊の年の市まで、あっちこっちで賑やかに催される。

「年の市と節分が終ると、年越しですねえ」

お吉が指を折って数え、東吾が笑った。

「どうも、一年が早くていけねえな」

傍から嘉助も手を振った。

「若先生が、そんなことをおっしゃっちゃあいけません。手前の年になると、若先生の何倍も早く、一年が終ります」

「平穏無事のおかげですよ。いやなことがあると一年が長くて長くて仕様がないっていいますもの」

その時、入口の暖簾《のれん》のむこうに人影が立った。目早くみつけた嘉助が立って行く。声をかけられて、人影は遠慮がちに入って来た。

旅姿の女で、笠と手拭を取った髪は半分以上白くなっている。風体からみると商家の内儀、或いは隠居という感じで、着ているものはそう悪くはない。

「年の瀬に御厄介なことでございますが、お宿を願えますまいか」

浜松の浜名屋という料理茶屋の身内で、おかねと申します、と、のっけから名乗られて、るいが嘉助の傍へ行った。

「どうぞお上り下さいまし。長旅でさぞお疲れでございましょう」

万事に行き届いている「かわせみ」のことで、早速、すすぎ仕度が出来、

「初春が近《ちこ》うございますから、梅の間に致しましょう」

お吉が自分で部屋へ案内して行った。

「まさか、あんな婆さんが掛金を取りに江戸まで出て来たんじゃあるまいな」

居間へ戻って東吾がいったのは、年の暮は諸国から売掛金の回収に出て来る客が少くないからで、

「今年は景気が悪くて、どこも掛取りが苦労しているそうだぞ」

どこで聞いて来たのか、さも、わかったようなことをいう。

「かわせみは、どこにも借金はございませんから御心配なく……」

るいが笑いながら、茶をいれていると、嘉助とお吉が一緒にやって来た。

「今年はおつれあいの十三回忌に当るそうで、江戸の寺を廻ってお供養をなさりたいと思い、出て来られたそうで……」

「娘さんが四人、みんな、ちゃんとしたところへ嫁入りして、なんの心配もない、気らくな御隠居暮しなんですと……」

二人そろって、印象は悪くないといった。

「三、四日、お宿を願いますということでした」

この日、「かわせみ」は浜松から出て来た女隠居の他に四組ほど客があったが、いずれも、日中は所用で出かけていた。

夕方、畝源三郎が顔を出した。

「家内の実家が餅をつきましてね。正月にはまだ早いが、東吾さんは餅好きだから、少々、届けに来ました」

源三郎の女房のお千絵の実家は蔵前の札差であった。

商家では煤払いの日に餅をつく習慣のあるところもまだ残っていた。

「たまにはいいだろう。一杯飲もう」

東吾が誘い、源三郎も嬉しそうに上り込んで、早速、鍋を囲んだ。

「年の暮は例外なく、ろくでもない事件が起るものですが、今年はどうも金に絡んだ詐欺が目立ちます」

二、三杯の酒でもう顔を赤くして、源三郎が話し出した。

「少々、金を貯めているような相手をねらって、うまいことを持ちかけては、結局、金をだまし取る。まあ、本物の金持はめったに、そうした口車にのることはありませんが、こつこつ、長年働いて小金を残し、安楽な老後を暮そうなどと考えていた年寄りなぞが、よくひっかかるようで、蔵前あたりでも噂になっていました」

鍋に鱈《たら》や豆腐を足していたるいが訊《たず》ねた。

「それは、千両富のようなものでしょうか」

寺や神社の境内で、富突きというのが、時折、催される。

それは一枚いくらという富くじを買って、自分のくじの番号が当れば大金がころがり込むが、はずれれば、くじはただの紙くずになってしまう。

「いや、富くじならば、最初から当りはずれのあることを承知で、ささやかな夢を買うとでも申しますか、それなりにはずれても仕方がないと覚悟して買うわけですから、いってみれば博打《ばくち》です」

この節、噂になっているのは、一種のねずみ講のようなものだといった。

「講中を集めて、掛金を払って行き、くじに当ったものから、まとまった金を融通してもらうというのが、いわゆる頼母子講《たのもしこう》でしょう」

新しい徳利を運んで来たお吉が、すぐに口を出した。

「お富士山の富士講ってのも、そうですよ。駿河のお富士山まで登拝に行くとなったら、かなりまとまったお金がかかりますけど、講に入って、毎月少々の掛金をしていて運よくくじに当ると、まだ一両にも満たない掛金で、とりあえず、お富士山に行けるんだそうですよ。この秋のはじめに新川の鹿島屋さんの手代が、それでお富士山へ登って来たそうです」

源三郎が苦笑して、盃を干した。

「この節のは、そういうのとも違いまして、要するに元締がいて、何々講という名前を作る。お吉さんがそれに入って十両おさめるとしますね」

「十両も払うんですか」

「その代り、お吉さんが仲間を十人集めるんです。まあ、東吾さん夫婦に嘉助に、ここで働いている板前とか……」

「それだって十人にはなりません」

「わたし夫婦や長助夫婦……」

東吾が笑って指を折った。

「麻生の宗太郎夫婦も入れりゃ十人になるだろう」

「十人集めて、どうするんです」

とお吉。

「十人からまた、一人十両ずつ集めます」

「合せて百両か」

東吾が続けた。

「そいつをお吉が元締のところへ持って行くと、どうなる」

「一人につき一両がお吉さんのものになります」

「十両もらえたって、その前に十両払っているんですから……」

「いや、元金の十両はそのままで、その他に十両です」

「わかったぞ」

東吾が源三郎に酌をした。

「そうして、今度は俺やるいがまた十人集めて、一人十両、合計、百両、お吉に届けると俺も、るいも一人十両が懐中に入る」

「それだけではありません、お吉さんは最初にその十人を集めた頭分に当るので、更に一人につき一両もらえます」

「なんでございますって……」

お吉が目をぱちくりさせた。

「十人集めて百両おさめると、十両頂けて、その十人がまた十人を集めて百両ずつ……」

「要するに千両ですな。千両の一割ですから、お吉さんはそこで百両、手に入るわけですよ」

「そんな馬鹿な……」

「と思うでしょうが、実際にはこれが流行しているのです」

「でも……」

と、るいが少しばかり眉を寄せていった。

「もし、十人集らなかったら……いえ、一人も集らなかったら……」

源三郎が大きくうなずいた。

「そうなのです。一人も講中を集められなかったら、その人間は十両取られ損になる筈ですが、人間とは面白いもので、十人くらいなんとかなる。いや十人までは無理でも五人くらいならと考えるようです」

「俺達が五人ずつ集めても、お吉のところには五十両、坊主丸もうけというんだな」

「なんだか、狐に化かされたようなお話ですね」

「世の中、けっこう狐に化かされたがっている人間が少くないようでして……」

源三郎が情なさそうな顔をした。

「その元締になるお方というのは、どういう人なんですか。蔵前の旦那衆とか……」

お吉が気をとり直したように訊《き》く。

「それなら、まだ、問題は少いでしょうが、今のところ、いかがわしい手合《てあい》が普通のようですな。一皮むくと、とんだ狸か狐というふうでして……」

「お上は、お取締りはなさらないので……」

「別に法に触れるというものではないのですよ。講に入った者は、自分の判断で十両をおさめている。別に盗っ人にとられたわけではありません。うまくすれば大金を手にすることが出来るのですし……」

東吾が友人を眺めた。

「しかし、世の中、そううまいことずくめには行くまい」

「おっしゃる通りです。十両出しただけで、百両、千両ころがり込んで来るなどという旨すぎる話には眉に唾をつけるべきで、実際には途中で仲間の金を持ち逃げしたりする奴が出て来たり、どうにも十人の仲間が集められず、上からおどされて、十人分を自分がたて替えるなどという馬鹿なことになったり……」

持ち逃げが出れば、上からの線が絶たれるわけで、一両の金も入って来ない。

「集めた金を返せと責められて夜逃げをしたり、或いは貯めた金を一文残らずなくしたりという破目になります」

気の毒は気の毒だが、世間は欲を出すからそんなことになったと、決して同情はしてくれない。

「いやですねえ」

とお吉が身慄《みぶる》いした。

「あたしは絶対、そんなものに入りませんから、若先生も畝の旦那も御安心下さい」

妙なところでお吉がきっぱりいって、その場は大笑いになった。

二

十二月十八日に、「かわせみ」では嘉助が浅草寺の年の市へ出かけて行き、正月用の注連縄や飾海老、ゆずり葉、裏白、橙などを、一緒に行った板前が正月から新しくする摺子木《すりこぎ》やまな板、しゃもじ、箸なぞの台所用の品を買って来た。

「やっぱり、大層な人出でございましたよ。南は駒形あたりから御蔵前通り浅草御門まで、西は下谷車坂、上野黒門前まで、ぎっしり、出見世が並びましてね」

年の市の買い物は何故か男の役目となっていて、殊に浅草の場合は圧倒的に男ばかりであった。

「今夜あたり、吉原はさぞ賑わうことでございましょう」

浅草寺の年の市の帰りは吉原通いと決っているようなものだからと、嘉助も板前も笑っている。

「それじゃ、まっすぐ帰って来た御褒美に、お二人に一本よけいにつけましょう」

お吉が冗談をいっているところへ、女中が客のお膳を下げて来た。

「梅の間の御隠居様ですけれど、あんまり食がお進みじゃないみたいですよ」

そっと、お吉にいいつけた。

成程、お膳の上のお菜にあまり手がついていない。

「昨日も、こんななんです。朝の御膳もろくに召し上りません」

るいがお吉をみた。

「ひょっとすると、お口に合わないのかも知れない。なにか、お好みのものがあったらとお訊ねして来ておくれ」

大体、上方からの客には塩加減をひかえめに、寒い土地からの客には味を濃くと、台所も気を遣っているが、客のほうも旅で体調を崩していたりすると、好みが難しくなって来る。

やがてお吉が戻って来て、

「たいしたことじゃなかったんですよ」

安心したように報告した。

「一日中、あちこちおまいりして、つい、お昼が遅くなって、今日は外で鰻を召し上ったんですと。それで晩の御膳は頂かなくてもよいくらいだったのを、つい、こちらの料理はおいしいので、少々、箸をつけましたって……」

もともと、小食《こしょく》のたちだから、気を遣わないでくれといわれたという。

傍で聞いていた板前が苦笑した。

「田舎から出て来た人は、なんでも珍しがって、いろんな店屋へ入《へえ》ってみるもんだから、つい、食いすぎるんですよ。腹も身の内って考えりゃいいんだが……」

実際、おかねという隠居は「かわせみ」へ着いた翌日から、毎日、出かけていた。

亡夫の供養のために、江戸の社寺を参詣するのが目的で出て来たものである。

翌日は雨であった。

「こいつは、ひょっとすると雪になるかも知れないな」

八丁堀の道場へ出稽古に行っていた東吾が帰って来ると、傘をさして庭へ下りた。

雪がこいの出来ている植込みをのぞいたり、川っぷちまで行って、大川を眺めたりしていたが、戻って来て居間に上ると、

「梅の間は、婆さんの客だな」

と、炭を足しているるいにいう。

「ええ、浜松からお出での御隠居さまですけれど……」

なにか、と首をかしげたのに、

「なんだか、えらく寂しい顔をして大川のほうをみていたよ」

と答えた。

梅の間は庭に面していて、部屋から大川がみえる。

「一人旅だったな」

「歿《なくな》った旦那様の十三回忌で、江戸のお寺を廻って御供養をなさっていらっしゃるそうですよ」

「たしか、煤払いの日に着いたんだな」

十三日から数えて、

「今日は十八日か」

るいが熱い番茶を東吾の前においた。

「御隠居の御身分ですもの」

「しかし、十二月だぞ」

「家にいらっしゃると、かえって邪魔にされるのかも知れませんね」

嫁や奉公人が大掃除だ、正月の準備だなぞと、あたふたしている中で、なにも仕事のない隠居の立場を、るいは思いやっていた。

「すっかり、年越しの仕度の出来たところにお帰りになったほうが都合がいいのかも知れません」

びしゃびしゃとよく降る雨の音を聞きながら、東吾が番茶を飲み、るいが縫い物をひろげたところへ、

「宗太郎先生が、いらっしゃいました」

と嘉助が取り次いで来た。

大きな薬籠《やくろう》を提げ、くくり袴の裾をお吉に拭いてもらいながら、宗太郎はるいに迎えられて、早速、炬燵《こたつ》へ膝を入れる。

「築地の知り合いに急病人がありましてね」

往診の帰りだがと、薬籠の中から一枚の半紙を出した。

「花世が書き初めの練習をしたのですが、よく出来たから、とうたまにみせたいといいましてね」

この雨降りにつれても来られないので、持って来たと笑う。

女にしては度胸のいい筆で、

「お正月」

と書いてある。

「麻生の父が教えたんですが、どうも、花世は畝どののところの源太郎と張り合ってい

るようですよ」

そういわれて、東吾は思い当った。

この前、花世が遊びに来た時、東吾は居間で源太郎の手習いをみてやっていた。

源太郎が書き初めはなにを書いたらよいかと相談して、東吾は論語の中の一節を手本に書いてやった。それを花世が「書き初め」とはなんだ、と、しきりに訊ねていた。

「麻生の義父上《ちちうえ》の手蹟《て》は本格だよ。花世はいい字を書いている」

「雨がやんだら、賞めに来てやって下さい。このところ、東吾さんが御無沙汰だから、髭もじゃもじゃの子分と棒っきれをふり廻して、母親を歎かせています」

髭もじゃもじゃといったのは、永代《えいたい》の元締と呼ばれている文吾兵衛のことであった。ある事件がきっかけで、花世はこの江戸一番の大元締の親分を「髭もじゃ」と呼び、すっかり仲よしになってしまっている。(「花世の冒険」参照)

「永代の文吾兵衛は、よく来るのか」

「先だって、怪我をしましてね。当人はたいしたことはないと強がったんですが、無理に調べましたら、足の骨が折れていました。まあ、順調に回復していますが……」

子分がついて、麻生家へ手当を受けに来ているという。

「なんだって、足の骨なんぞ折ったんだ」

「東吾さんは、おめぐみ観音講というのを知っていますか」

「おめぐみ観音……」

「十一面観音像なんだそうですが、小松川のほうに、そういう観音様を祭っている寿恵尼という婆さんがいたそうです。尼さんといっても、本物の尼ではなくて、白い頭巾をかむっているが、五十そこそこといった、こぎれいな女だったといいますが……」

お吉が作って来たきなこ餅を旨そうに食べながら、宗太郎はいつもの淡々とした口調で話した。

「その十一面観音を信じて、観音講、正しくはおめぐみ観音講というのですが、金一両を奉納して講中になって、十日以内に信者を五人増やすと一両戻って来る。更に五人増やすと、又、一両もらえる。自分の増やした信者を子信者というんですが、その子信者が又、五人、信者を増やす。つまり、孫信者です。孫信者が五人増えると、また一両です」

東吾さん、わかりますか、と宗太郎は真面目な顔をした。

「五人の子信者が各々、五人の孫信者を作ったとして、親信者の懐には、いくら入りますか」

「宗太郎に算用の試験をされるとは思わなかったな」

「五人の子信者から、まず一両、更に五人一組の孫信者が五組出来るわけですから五両、しめて六両……僅か二十日でさしひき五両の儲けになるんですよ」

孫、曾孫《ひまご》、やしゃごと増えて行くに従って儲けはどんどん大きくなって来る。

「小松川から江戸へ入って来て、本所、深川にまで信者が出来たようです」

たまたま、文吾兵衛のお出入り先の大店《おおだな》の番頭の弟が、その信者になった。

「欲を出したんですかね、一人でも多くというんで三十人からの講中を集めたんです。いい忘れましたが、奉納金は一両とは限らないのです。二両出せば、二倍。子信者、孫信者がみんな十両出すようにすれば十倍の取り分が来る。そいつは、なんと自分も十両出し、集めた三十人にも十両ずつ、奉納させたんです」

黙々ときなこ餅をお相伴《しょうばん》していた東吾が笑った。

「三十人が十両で三百両、自分の出したのが十両、合せて三百十両……そいつが子信者だとして戻って来る金は……」

「戻って来なかったんですよ」

「理由は……」

「寿恵尼が有り金残らず、かっさらって逃げたと八右衛門はいったそうです」

「八右衛門……」

「寿恵尼の執事と称していた男です」

「そいつは残っていたのか」

「おそらく、寿恵尼と一緒に逃げるつもりだったんだろうと思いますが、運よく、文吾兵衛が、大店の番頭の弟、幸之助というんですが、そいつと一緒に押しかけて行って、とっつかまえたんです」

金は集めて奉納したものの、いつまで経っても、小松川のほうから連絡がない。

「寿恵尼は、親信者に戻してやる金のことをおめぐみ金といいましてね。それは、奉納してから十日後に観音様のお札と一緒に渡す約束になっているんだそうです。そいつを執事が届けるといっていたのに、待てどくらせど音沙汰がない。そうこうしている中《うち》に、同じ信者から自分も一カ月経っても払ってもらっていないという話をきいて、不安になって兄の番頭に相談したんです。兄さんが文吾兵衛に頼み、文吾兵衛が幸之助と一緒に小松川へ行ってみると、ちょうど、八右衛門が荷を背負って出かけるところでして……」

そこで、文吾兵衛と押し問答になり、逃げようとする八右衛門を文吾兵衛がつかまえたのだが、

「八右衛門はかなり抵抗しまして、杖でなぐりかかって来たそうです」

その樫《かし》の杖が文吾兵衛の足に当ったのだと宗太郎は長い話を終えた。

「寿恵尼ってのは、つかまったのか」

「いえ、まだです」

小松川の代官所で八右衛門を調べているが、いまだに埒《らち》があかないらしい。

「信者はみんな、この年の暮に悲惨なことになっていますよ」

幸之助にしても、自分の虎の子の十両はともかく、かき集めた三十人から三百両を返せと迫られている。

「信心がらみといっても、結局は欲から始まったことですし、とはいえ、三百両もの大金を返せるあてはなし、幸之助が首でもくくらねばよいがと、人の好い文吾兵衛は心配していますよ」

おかげで体が温まったといい、宗太郎は本所へ帰った。

お吉が、梅の間の女隠居のことをいい出したのは、そのあとである。

例によって、宗太郎の話を東吾達と一緒になって聞いていたのだが、

「まさか、その寿恵尼っていう、いかさま尼さんが、梅の間のお客様なんてことはありますまいね」

真剣な顔になって、るいにいいつけた。

「だって、宗太郎先生のお話の、その尼さんと年頃が似てやしませんか」

「いくらなんでも……」

と、るいは相手にしなかったが、

「考えてみたら変じゃありませんか。この年の瀬に女一人、たいした用事でもないのに、浜松から出て来るなんて……」

第一、なんとなく落ち着きがないし、よく考え込んでいることがあると、女中達もいっていると、お吉の疑念はどんどんふくらんで行く。

「でも、寿恵尼という人は、かなりなお金を持ち逃げしているんでしょう。そんな大金を梅の間のお客様が持っていらっしゃるようにもみえないけれど……」

と、るいがいえば、

「いいえ、そういう悪いことをする人は、きっと、どこかにお金のかくし場所があるんですよ。本当なら、とっくにどこかへ逃げているところなんでしょうけど、仲間の八右衛門ってのがつかまってるから、それが気になって、こんな所にいるんですよ。毎日、出かけるのだって、小松川のほうへ行って、様子を訊《き》いているのかも知れません」

と、ひるむ色もない。

るいにとって不満だったのは、こんな場合、必ず、るいと一緒になって、お吉の取り越し苦労を笑ってくれる東吾が、珍しくお吉の話を黙って聞いていることであった。

そのあげくに、

「ちょっと、文吾兵衛の所へ行って来る」

雨の中を出かけて行った。

「そんな馬鹿なことがあるものですか、芝居じゃあるまいし。小松川で人を欺して大金を盗んだ人が、よりによって、うちの客になるなんて……」

るいはお吉に文句をいったが、

「でも、お嬢さん、前にもそういうことがありましたよ」

けろりといい放って、さっさと台所へ行ってしまった。女中達を集めて、それとなく梅の間の客に注意するようにいいつけているのが聞えて来る。

なんとなく面白くない気持で、るいは針仕事を続けていた。

東吾はなかなか帰って来ない。

るいが立ち上ったのは、行燈《あんどん》の油が切れかかっているのに気がついたからである。天気が悪いので、今日は八ツ（午後二時）を過ぎたあたりから行燈に灯を入れた。

外はもうとっぷりと暮れている。

雨は少し小降りになっていたが、川面のほうは霧が出たように白っぽくなっていた。

おやと思ったのは、庭に人影をみたからで、誰かが川っぷちのほうへ歩いて行く。

気になって、るいは沓脱《くつぬ》ぎのところに、さっき東吾が庭へ出た時に使った番傘がおいてあるのを取り、庭下駄へ足を下した。下駄が濡れていたせいで足袋《たび》の裏がひんやりする。

番傘をさして、夜霧と雨の中を人影のみえたほうへ行った。

たいして広くもない庭は低い石垣へぶつかり、そのむこうは大川の岸辺であった。

石垣には、上へのぼる石段がついている。

石段を上ると、そこは堤で大川の水が少い時には岸辺へ下りても行けるが、このところ雨が多かったせいもあって、今日はかなりの水量《みずかさ》であった。

暗い中を、川音が激しく流れている。

人影が目の前にあった。

むこうがこっちをふり返った気配で、そのまま逃げるように背をむけた。

「もし、お待ちなさいまし」

思わず、るいが声をかけ、そのとたんにむこうの体が大きく泳いだような恰好になった。

反射的にるいは手をのばして相手の帯を摑んだ。

「放して下さい」

その声で、るいは相手が梅の間の客であることに気がついた。

「放して……死なせて下さい」

ぎょっとして、るいは帯を摑んだ手に力をこめた。

「なにをするんですか」

「死なせて……死なせて下さいまし」

「いけません。お待ちなさい」

番傘を捨て、るいは相手にしがみついた。

相手はるいよりも非力であった。多少、武芸の心得のあるるいは、もがく相手をなんとか押えつけようとし、同時に家のほうへ向って叫んだ。

「誰か……誰か来て……お吉……嘉助」

「るい、どこなんだ」

呼応するように石垣の下で東吾が叫んだ。

「あなた、早く、早く来て下さい」

暗闇の中から東吾が近づいた。

「この人が……川へとび込もうとして……」

東吾がるいに代って、おかねを抱きとめた。

「若先生……どこですか、お嬢さん」

お吉が提灯をかざして上って来る。そのあとから、もう一つ、提灯が。

「おっ母さん……おっ母さん、どこなんです。おっ母さん……」

その声で、東吾の腕の中のおかねが、ああっと叫んだ。

「もう大丈夫だ。みんな、家へ戻れ」

大声で東吾がいい、おかねを背にかつぐようにして堤を下りる。その姿が提灯のあかりに浮び上ると、

「おっ母さん」

「おっ母さん」

男と女が、おかねにすがりつくようにした。

三

頭からずぶ濡れのおかねを風呂に入れ、お吉と、おかねの娘だというおきみという若い女がつきっきりで世話をしている間に、るいと東吾は、おきみの亭主の半七から話をきいた。

おかねには四人の娘があり、おきみは一番下だという。

「手前ども夫婦は、浜松で小さな荒物屋をやって居ります。おっ母さんは若い時分から浜松で一番といわれる料理茶屋、まつむらの仲居をして居りまして……」

おかねの亭主は長右衛門といい、やはり、まつむらの番頭をしていた。

つまり、同じ店で働いていた奉公人同士が主人の勧めで夫婦になり、そのまま、共働きを続けて来た。

「まつむらの旦那もお内儀《かみ》さんも、手前どもの両親を大層、信用して下さいまして、殊におっ母さんは四人の子供を育てながら奉公が出来るよう、なにかと便宜をおはかり下さいましたそうで……」

今から十五年前に長右衛門が病に倒れた後も、おかねが仲居として働いているおかげで暮しが立った。

「親父様は十三年前に歿《なくな》りましたが、おっ母さんは女手一つで四人の娘を各々、嫁に出しましてございます」

昨年、末のおきみが半七と夫婦になり、おかねは漸《ようや》く、まつむらから暇を取って、末娘夫婦の許に身を寄せた。

「まつむらでは、お暇を頂いたあとも、なにかにつけて手伝いに来いといって下さり、若い女中を仕込む役をいいつけて頂いたりして、そのたびに充分すぎるお手当を下さいましたそうでして……」

おかねは自分の老後、娘夫婦達によけいな厄介をかけまいと、そうした金を大切に貯えていた。

「おっ母さんに異変が起りましたのは、今年の秋、手前どもは全く気がつかなかったのでございますが、浜松にえびす講というのが流行致しまして……おっ母さんはそれに欺されて、結局、長年の貯えを残らずなくしてしまいましたのです」

るいと東吾は思わず顔を見合せた。

どうやら、えびす講というのも、小松川のおめぐみ講と同じようなものらしい。

「やっぱり、講の元締が金を持って逃げでもしたのか」

東吾がいい、半七が口惜しそうに唇を嚙んだ。

「最初から女子供をたぶらかして金を巻き上げる、とんでもないいかさま師で、僅かの間に何百両もの金を集め、或る日、夜逃げをしてしまいましたとか。泣かされた者は手前の聞いただけでも十人や二十人ではございません」

おかねの頼みで、半七もあっちこっちの被害者のところを廻って話を聞き、相談をしたが、肝腎の元締が逃亡してしまっているのでどうにもならない。

「おっ母さんには悪い夢をみたと、あきらめるように、手前どもも、上の姉たちもよく申しましたのですが……」

以来、おかねはぼんやり考え込んでいることが多くなり、時折、まわりの者に、

「死にたい」

と洩らすようになった。

「手前もおきみもびっくりして、さまざまになぐさめ、お金なんぞなくとも、おっ母さんに不自由はさせない、安心して長生きをして下さいといい続けたのでございますが、十二月になって、上の姉のところへ遊びがてら、孫の顔をみに行くと申して出かけ、それっきり、行方がわからなくなってしまったのでございます」

てっきり、長女の家へ行っていると思い込んでいて、あまり帰って来ないので、迎え旁《かたがた》、半七が行ってみると、来ていないことがわかった。

「上の姉は和地と申しますところの造り酒屋へ嫁いで居ります」

それから、二番目のお千代の嫁いでいる舞阪の米屋へ使をやったり、新居町の旅籠屋《はたごや》の番頭の女房になっている三女の所にも行ってみたが、どこにもおかねは行っていなかった。

大さわぎになって、四組の娘夫婦が集り、手わけをして親類や知人の家を探し廻ったが、まるで手がかりがない。

「その中に、まつむらのお内儀さんが、ひょっとして、江戸へ行ったのではないかとおっしゃいまして……」

長右衛門が病気になる、ちょうど十年前に、まつむらの主人が昔、世話をかけた人の悴が江戸で所帯を持った。

「祝を届ける役目を親父様が申しつかり、その折、お内儀さんが折角だから、夫婦で江戸見物をしてくるがいいと御親切におっしゃって下さったんだそうでございます」

それが、おかねにとっては夫婦で旅をした唯一の思い出で、よくおっ母さんがその時の話をなつかしそうにしていたと申します」

「娘たちも、そういえば、親父様が歿ってから、よくおっ母さんがその時の話をなつかしそうにしていたと申します」


もしも、おかねが死に場所をみつけて旅に出たのなら、この世の名残りに、きっと、なつかしい江戸へ行って昔の旅の思い出をたどるのではないかと考えた。

「幸い、親父様の古い日記が残って居りまして、そこに江戸での宿は藤屋と書いてありましたので……」

半七夫婦は旅仕度もそこそこに江戸へ出て来て、藤屋へ行った。

「たしかに、おっ母さんは藤屋にひと晩、泊って居りました。そうして、藤屋さんの御主人に、どこか大川のみえる近くで、女一人でも泊めてもらえる宿はないかと訊いたそうで、藤屋さんが、こちら様を教えたと……」

で、半七夫婦は草鞋《わらじ》の紐も解かず、雨の中を「かわせみ」へやって来た。

「こちらの番頭さんが、すぐ梅の間へ御案内下すったんですが、おっ母さんの姿がみえません。びっくり致しましたところへ、こちらの旦那様がお帰りになって……」

東吾が居間へ行き、るいの姿がなく、庭下駄がないのに気がついて、庭から大川端へ探しに出た。

「でも、ようございました。間違いがなくて……」

話し合っているところへ、おかねと娘のおきみが泣き泣き、お吉につれられて来た。

半七をみて、おかねがくずれるように両手を突く。

「堪忍《かんにん》しておくれ。堪忍……」

「なにをおっしゃるのです」

半七も声を慄わせた。

「おっ母さんのお姿をみるまでは、おきみも手前も、生きた心地がしませんでした。本当に、こちら様のおかげでございます。間に合ってよかった……」

おきみもすすり泣きながらいった。

「お金をなくしたことなんか、いったい、なんだっていうんですか。新居町の義兄《にい》さんも、舞阪の義兄さんも、和地の義兄さんも、みんな、いってくれましたよ。おっ母さん一人くらい養えないでどうする。俺たちはそれほど甲斐性なしじゃないって……私達が江戸へ行くことになった時、お金ならあるっていったのに、義兄さんたちが充分すぎるほどのお金を持って来てくれて……」

一刻も早く江戸へ着いて、おっ母さんをみつけるよう、道中の駕籠《かご》代、馬代を惜しむなと、妹夫婦をはげましてくれた。

「これで、おっ母さんにもしものことがあったら、あたし達は姉さん、義兄さんに合せる顔がない。それこそ、夫婦心中しなけりゃならないところだったんですよ」

娘が膝にすがり、おかねは声をふりしぼって泣いた。

「あんたなあ」

おかねの泣き声が、少し静まるのを待って東吾がいった。

「長年、貯えた金を欺しとられたのは口惜しいだろう。娘達に老後の厄介をかけるのも心苦しいと思った、その気持は俺にもわかる。ほんのちょっと欲を出した自分の愚かさがくやまれてならないだろう。そのために無一文になっちまった。だが、あんたは女手で四人もの娘を育て上げたんだ。話を聞いているだけで、みんないい娘だってことがよくわかる。おまけにみんないい御亭主と夫婦になっているようだ。あんた、無一文なんかじゃない。四人の娘と四人の聟と、大変な財産を持っているじゃないか。誰が作ったんでもない、みんな、あんたが作り出した、かけがえのない財産だろうが……もしもその一人を失ったら……こいつは金じゃ買えない。なくしたのが金で、本当によかったと俺は思うが、それでも、あんた、死にたいと思うのか」

るいもいった。

「死ぬことなんかありませんよ。人間、生きていれば、必ず人様のお役に立つもんです。親だったら、まず、生きてる限り、娘の役に立ちたい、誰だって、そう考えるんじゃありませんか」

おかねが泣き濡れた顔を上げた。言葉はなく、ただ、両手を合せ、東吾に、るいに、そして娘夫婦に深く頭を下げ続ける。

「よせやい。婆さん、俺達は仏様じゃねえんだぞ」

東吾の明るい声で、母親と娘夫婦の表情がほっとゆるんだ。

十二月二十日、おかねは半七、おきみ夫婦と共に、元気よく「かわせみ」を発った。

「浜松へ帰って、節分の仕度を致しませんと……おきみは豆を炒《い》るのが苦手だと申しますし、半七は雷が嫌いですから、節分の豆を忘れずにとっておいて、来年の初雷の時、それを食べさせると、まじないになると申しますから……」

いそいそと、るいにいって何度も頭を下げ、娘夫婦にはさまれるようにして歩いて行くおかねを、お吉も嘉助も、外まで出て見送っている。

「世の中広いようで狭いもんだな」

東吾がるいにささやいた。

「あの婆さんを小松川の寿恵尼じゃねえかと思ったら、あちらさんもへんてこな講中に入って、金を巻き上げられた一人だったたってんだから……」

「お吉のいうことは、いつだってあてにならないんです。それをあなたまでが……」

るいに睨《にら》まれて、東吾が笑った。

「だがね、あの娘夫婦の来るのが、もう一日遅いと、あの婆さん、てっきり寿恵尼と間違えられたよ」

「なんでございますって……」

「文吾兵衛の所へ行って訊いてみたら、寿恵尼が小松川を逃げ出したのは、十二日の夜だっていうんだ。あの婆さんがここへ来たのは十三日の煤払いの日だったろう」

「でも、おかねさんは十二日には、藤屋さんへ泊っているんですよ」

「だから、間違いだったといってるじゃないか」

「災難ですよ。お金を欺しとられて、死のうとまで思った上に、そんな悪人と間違えられたりしたら……」

「あの婆さん、るいのおかげで命拾いしたんだな」

「そんなことをおっしゃって、おとぼけになるんですから……」

そして節分の日、髭もじゃもじゃの文吾兵衛が花世を連れて「かわせみ」へやって来た。

木更津で、寿恵尼がお縄になったという。

「そいつが因果応報っていいますか、木更津の宿でひどい腹下しになっちまって、うんうんうなってたそうで……宿の者が介抱して、帯をほどこうとしたら、こいつが馬鹿に重すぎる。調べてみたら、小判がずらっと縫い込んであった。おまけに持っていた小葛籠《こつづら》の中もぎっしり小判がつまってる。こいつはおかしいとお上に届け出て、結局、正体があらわれたってことでございます」

お上の話では、幸之助のところにも或る程度の金は返って来るだろうということだったが、

「当人の分は、まあ取れますまい、他人様へ返すほうが手一杯でございましょう」

虎の子はなくしたが、人生のいいましめになったに違いないと、文吾兵衛は早速、花世が撒《ま》きはじめた節分の豆を拾っている。

「福は内、鬼は外」

と、花世が勇ましく豆を撒き、るいは柊《ひいらぎ》と鰯《いわし》の頭を竹串にまとめたのを窓の外に挿した。

「かわせみ」の家の内は、東吾と花世が盛大に豆をばらまいて行く。

「これで、お正月が来ますね」

るいの笑顔に、文吾兵衛が大きく頭を下げ、掌《てのひら》一杯になった豆を食べはじめた。

福《ふく》の湯《ゆ》

一

初午《はつうま》の夕方、神林東吾が大川端の「かわせみ」へ帰って来ると、家の中に、なんともいい難いような匂いが漂っている。で、

「泊り客に病人でも出たのか」

と、るいに訊《き》くと、

「お吉が、福の湯の福袋をもらって来たものですから……」

ちょっと困った顔で風呂場のほうを眺めた。

「なんだ、その福の湯の福袋ってのは……」

「かわせみ」の女中頭のお吉は、まことに主人思いの忠義者で、よく気がつき、仕事熱心なのだが、根がおっちょこちょいで、好奇心が強いから、時折、世間の評判になった

奇妙なものを買い込んで来る。

東吾も充分、そのあたりは承知しているので、おそらく、福の湯の福袋というのは、そのてのものだろうと見当をつけたのだが、るいが返事をする前に、御当人が顔を出した。

「お湯加減がちょうどようございますから、お召しかえの前に、一風呂、如何でございますか」

得意満面で、つけ加えた。

「なんてったって、今日は初午、福の湯でございますから……」

東吾が笑った。

「この、奇妙きてれつな匂いが、福の湯かい」

「奇妙きてれつなんておっしゃっちゃあいけません。初午に福の湯に入ったら無病息災、延命長寿疑いなしの上に、福が授かるっていうんですから、今日の福の湯は、夜明けから長い行列が出来ているんです」

深川佐賀町に、福の湯という湯屋があって、年に一度、初午の日に、特別の薬湯を沸かす。

本来、薬湯は病人相手の湯屋に限られていたのだが、そうではない、ごく当り前の湯屋でも、五月の端午《たんご》の節句に菖蒲湯を焚いたり、土用に暑気ばらいのための桃の葉を湯に入れたり、冬至に柚湯《ゆずゆ》をしたりといった風習がある。

「福の湯の先代のお内儀《かみ》さんの実家は有名な薬種問屋で、弟さんが将軍様お抱えのお医者のお弟子なんだそうです。それで、お上のお許しを得て、毎年、初午の日に施湯ってのをなさることになって、それが福の湯名物の薬湯なんです」

お吉の熱弁に、東吾が口をはさんだ。

「施湯ってえと、湯銭はとらねえのか」

「そうなんです。大人も子供も、日に何回行ったって、ただなんですって」

「そいつは豪気だな」

通常、江戸の湯屋では、紋日《もんび》に限って十二文の祝儀を番台におく習慣があった。

紋日とはまず正月は松の内と十六日の藪入り、更に蔵開きの日と、二十日正月と呼ばれる恵比寿講の日など、二月は初午、三月が桃の節句、五月が端午の節句、六月は土用の桃湯の日、七月が七夕と十五日の中元に十六日、これは正月十六日と同じく奉公人の休み日であった。八月は十五日の月見で、九月は九日の重陽の節句、十月が二十日の恵比寿講で、十一月は冬至の柚湯の日、そして十二月は節分が年内にある場合は年内年越の日、十三日の煤払《すすはら》いの日、大晦日といったふうに決っていた。

従って初午の日は、その紋日だから、他の湯屋は祝儀を頂こうというのに、深川の福の湯ばかりは無料で、しかも、無病息災の薬湯だから客の押しかけるのは当然であった。

「そんなことをやって、深川の他の湯屋から苦情が出ないのか」

「知りませんけど、でも、どこの湯屋も真似の出来ることじゃございませんでしょう」

みすみす、湯屋の儲かる日に、湯銭をただにするのだから、と、お吉はけろりとしている。

「だからさ、福の湯に行列が出来るほど、客が押しかける分だけ、近所の湯屋は客が減って収入《みいり》が少くなるだろうが……」

と東吾はこだわったが、

「いえ、行列が出来るのは、湯屋へ入りに来る客じゃなくて、福袋をもらいに来るほうなんです」

お吉は勝手に話を飛躍させた。

「世の中には、どんなに福の湯へ行きたくたって行けない人だってありますでしょう」

外出の出来ない老人や病人のいる家で、せめて薬湯に入れてやりたいからと、薬湯の素《もと》になっているものを分けてもらいたいと頼みに来る。福の湯では心得て、小さな木綿の布袋に入れたのを、これも無料で渡してやっていたのだが、その数がだんだんに増えて、やむなく、お志の分だけ、祝儀をおいて下さいということにした。

「それが福袋で、朝から行列が出来るんですよ」

江戸は火事が多いので、一般の町人の家では風呂を持つことが許されていない。

けれども、それは表むきで豪商ともなると奉公人は湯屋でも、主人は内々に家の中に風呂を作っている。まして本所深川は新開地で、町屋の建て込んでいるところは別にしても、向島や小梅村、或いは荒川寄りのはずれのあたりに隠居所をかまえた場合、近所には湯屋もないし、老人、病人の住居というたてまえからして内湯を作る者が増えていた。

その上、この土地には武家屋敷が極めて多い。

お吉の話だと、そういったところが、福の湯の福袋の話を伝え聞いて、奉公人に買いに行かせるのだという。

つまり、今日、「かわせみ」の湯舟の中に入っているのは、お吉が行列して求めて来た福袋なので、

「深川は長助親分の縄張りですから、あそこの若い衆に頼んでもよかったんですけど、こういうことは、やっぱり思いついた者が自分で出かけませんと、御利益が薄いんじゃないかと思ったもんですから……」

とにかく、お入り下さいとせっつかれて、東吾は風呂場へ入ってみた。

湯の色は茶っぽく、まるで風邪薬でも煎じたような匂いがするが、入ってみると湯触りは悪くはない。

「如何でございますか」

心配そうに、お吉が外から声をかけ、東吾は、

「こりゃあ、あったまるな」

と返事をした。

この寒空に長いこと行列をして買って来たお吉の気持を思うと、そうでもいってやら

なければかわいそうだと考えての上だ。

「かまわないから、お前達も寝しなにここへ入るといいぞ」

と東吾はいったが、

「いえ、福袋は二つ貰って来ましたので、私どもは、お客様が終ったあと、しまい湯に入れさせて頂きます」

嬉しそうな返事をして、お吉は戻って行った。

そのあとで、東吾は湯の中に浮いている福袋を取り上げて、洗い場の壁の上のほうにある灯に近づけて、袋に書いてある文字を読んでみた。

延命長寿、無病息災、福袋と片面にあり、ひっくり返すと、五木八草入り、と書かれている。

福袋の匂いを嗅いで、東吾は苦笑し、それを湯舟に放り込むと、上り湯を何杯も浴びて早々に逃げ出した。

翌日、東吾は早めに午餉《ひるげ》をすますと、本所の麻生邸へ出かけた。

東吾の声が玄関に聞えただけで、もう花世がとび出して来る。

この頃は母親に躾《しつ》けられたのだろう、きちんとすわって両手をつき、

「とうたま、ようこそ、おいでなされまちた」

というのまではよいが、あとはぴょんと抱きついて来て、東吾の肩にしがみついたまま居間へ行く。

「本当に、いくつになっても行儀が悪くて」

と母親の七重は歎くが、花世は知らん顔で、

「とうたま、凧《たこ》をあげに行きましょう」

まだ正月気分が抜けていない。

花世が取り出して来た凧は、この正月、東吾が作ってやったものだが、花世が所をえらばず、ひっぱり廻したらしく、紙は破れ、骨は折れている。

「これじゃ、上らないな」

七重に紙と糸を出してもらって、東吾が器用に修理をしていると、患者の治療を終えたらしい宗太郎が入って来た。片手に紙袋を持っている。

「ちょうど良い所にみえました。そのうち、ついでをみて届けようと思っていたところです」

さし出されて、東吾は苦笑した。

「また、妙なものを飲まそうってのか」

「飲むんじゃありません。湯に入れて温まるんです」

「福の湯の福袋なら、お吉が買って来て入らされたよ。ひと晩中、薬くさくて参った」

「福袋とは違います。これは枸杞《くこ》でしてね」

「福袋を知っているのか」

「実は、昨日、文吾兵衛が持って来ました」

深川入船町に住む侠客で、永代《えいたい》の元締と呼ばれている文吾兵衛は、花世が迷子になった時からの縁で、時折、遠慮そうに麻生家へやって来る。花世は、この江戸一番の大元締を、

「髭もじゃもじゃ」

と呼んで、遊び友達にしているのだ。

「なんだって、文吾兵衛が福袋を持って来たんだ」

「要するに、いかがわしいものかどうか調べてくれないかというのですよ。深川の福の湯という湯屋が延命長寿、無病息災と謳《うた》って売っているが、まやかしものではないかと心配しましてね」

万一、いい加減なもので、庶民をあざむいているのだと、ほうってはおけないというわけらしい。

「調べたのか」

「髭もじゃもじゃの頼みを断ったら、花世が承知しませんからね」

「なんだったんだ」

「一応、五木八草でした」

「五木八草……」

そういえば、福袋の布に書いてあった。

「あれは、なんのまじないだ」

「薬湯の中身ですよ」

古来、五木八草を調合して薬湯を作り、入湯させると体によいというので、貴人が愛用することがあった、と宗太郎はいった。

「ものの本によると、五木とは五種の木、つまり、梅、桃、柳、桑、杉をいいます。八草とは、菖蒲、よもぎ、おおばこ、蓮、はこべ、おなもみ、にんどう、くまつづらなどの薬草をいうのですが……」

そういった木の皮だの、葉を干して乾燥させ、細かく砕いて薬研《やげん》にかけたものを布袋に入れて、湯にひたす。

「福袋には、そんなものが入っていたのか」

宗太郎が明るく笑った。

「いや、下々には無理でしょう。入手出来にくい薬草もありますので……」

「では、まやかしものか」

「そうともいえません。庶民の智恵はたいしたものですよ」

福袋の五木八草とは、

「柚の実の皮と、柳の木の皮、桑の木の皮、それに松葉と杉の葉、これで五木です」

八草が、よもぎとおおばこ、大根の葉、はこべ、蕎麦粉、米ぬか、芹、蕪《かぶら》の葉だと宗太郎がいった。

「そんなものが、体に効くのか」

「悪くはありませんよ。寒い時にはよく体を温めますから、無病息災、延命長寿までは請け合えませんが、ちょっとした風邪ぐらいはふっとぶかも知れません」

「驚いたな」

自分も昨夜、その湯に入っただけに、東吾は、なんとなく忌々《いまいま》しい。

「福袋も悪くはないでしょうが、それよりも、この枸杞のほうがさっぱりして、風呂桶も傷みません。拙宅でも、義父上《ちちうえ》のお気に入りで、ときおり、試みていますが、七重の体がひと晩中、温かなのですよ」

宗太郎の話がきわどくなりかけて、東吾は派手に咳ばらいをした。

「なんてことを、子供の前でいうんだ」

「別に、体が温まるのは可笑《おか》しなことではありません。花世もちゃんと入っています」

結局、東吾は枸杞の袋を持たされて、早々に麻生家を辞した。

木更津で米屋をしていたという初老の夫婦が「かわせみ」に宿を取ったのは、その夕方のことであった。

二

信濃屋という屋号の通り、その夫婦は信州の生まれだと、早速、お吉が報告した。

「御主人の与兵衛さんが、若い時分に江戸へ出て来て、米屋へ奉公して、米つきになって働いたそうですよ」

江戸には信濃者の米つきが多かった。

口が重いが、働き者で、けっこう金を貯める。

与兵衛もそういう一人で、今から二十年前に、それまで働いて貯めた金で、木更津に米屋を持った。

「おかみさんも信州の人で、同じ村の知り合いだったんですって。御主人より遅れて江戸へ出て、別の店に奉公して、与兵衛さんが通い奉公をするようになってから、両方の御主人のお許しをもらって御夫婦になったそうです」

夫婦で二、三日、江戸見物をするようだとお吉がいったが、「かわせみ」へ泊った夜に与兵衛の女房のおとりというのが体の不調を訴えた。

「木更津からの船旅で、寒い風に吹かれたのが、いけなかったのかも知れません」

亭主はおろおろしたが、「かわせみ」にはこういう客のために、かねがね、宗太郎が用意しておいてくれた薬がある。

おそらく、風邪と疲れだろうと判断して、薬を煎じて飲ませ、朝になっても具合が悪いようなら近所の医者か、場合によっては麻生家へ使をやって宗太郎の判断を仰ごうと決めていたのだが、病人はぐっすり眠り、朝、様子をみに行ったお吉によると、

「すっかり、顔色もよくなって、お腹もすいたとおっしゃっています」

という状態になっていた。

で、粥を作って食べさせ、また、前夜と同じ薬を飲ませ、とにかく、そっと寝かして

おくことにした。

いい具合に、午すぎ、麻生宗太郎が「かわせみ」へ顔を出した。

新川の患家へ行ったついでに、枸杞湯の感想を聞きに来たといわれて、東吾は慌《あわ》てた。るいにも、枸杞の話をしていない。

「実は、客に病人が出て、それどころじゃなかったんだ」

「病人ですか」

気軽に、宗太郎はるいとお吉に病人の様子と飲ませた薬のことを訊いて、自分で梅の間へ行って、おとりを診《み》てくれた。

「かわせみも、すっかり名医になりましたね」

戻って来るなり、心配そうなお吉の肩を叩かんばかりにして笑っている。

「まさに、かわせみの皆さんのお診立《みた》て通り、風邪と疲労のためでしたよ。もう一日、薬を飲ませて、部屋を暖かくしていれば、すっかり回復するでしょう」

機嫌のよい顔で帰って行った。

「かわせみ」一同が、やれやれと安心しているところへ、今度は長寿庵の長助がやって来た。

信州から良い蕎麦粉が届いたからとかついで来たものだったが、

「ちょっとばかり、お願いがございまして……」

という。

「なんですよ、長助親分、うちへ来て遠慮するなんて水臭いじゃありませんか」

るいがいい、長助はたて続けにお辞儀をして話し出した。

「実は二、三日、お宿をお願いしてもらいてえと、人に頼まれまして……」

深川佐賀町の福の湯の女主人、お寿《ひさ》という者だというのを聞いて、東吾が笑い出した。

「どうも、福袋がついて廻るな」

初午に、お吉が福の湯から福袋を買って来た話をすると、長助がぼんのくぼに手をやった。

「そういうことでしたら、これから毎年、あっしがお届けしますので……」

長寿庵とは目と鼻の先の福の湯だから、いくらでも頼めると長助にいわれて、今度は東吾が頭へ手をやった。

「いや、そいつはどうでもいいんだが……」

「福の湯のお内儀さんが、なんで、私どもへお泊りなさいますの」

みかねて、るいが話を代った。

深川佐賀町に住いのある人が、大川を一つ越えた「かわせみ」へ泊るというのは、家の造作を直すか、或いは家内に揉《も》め事でもあるのか、とにかく普通では考えられない。

「へえ、それがその……」

癖で、またしてもぼんのくぼへ手をやりながら、長助が説明したのによれば、福の湯の女主人のお寿は今年ちょうど五十歳になった。

「福の湯と申しますのは、お寿さんの父親の禄兵衛さんといいますのが、若い時分、新潟から出て来て、一代で漸《ようや》く持った湯屋でございます」

女房のおたかとの間に長女が誕生した時、お寿と名付けたのも、自分の名前が禄兵衛で、日頃から福禄寿を信仰していた縁によるのだという。

「お寿さんは、父親の歿《なくな》ったあと、ずっと福の湯の女主人で、まあ、親孝行な娘さんでして、初午に施湯をすることを思いついたのも、お父つぁんが午年生まれだったのにちなんだんだそうです」

そのお寿が年のせいもあるのだろう、このところ、疲れがとれない、といって、遠くの温泉場へ湯治に出かけるのでは店も心配だし、どこか近くで二、三日、商売を離れてゆっくりしたいので、大川端の「かわせみ」に頼んでもらえないかと、長助に相談したのだという。

「そんなこと、お安い御用ですよ。こちらは宿屋商売なんですもの。お気に入るかどうかわかりませんが、いつでもお出かけ下さるよう、長助親分からおっしゃって下さいな」

るいの返事に、長助は大喜びで帰って行った。

正月の「かわせみ」は年頭の挨拶旁《かたがた》、江戸へやって来る客が多かったが、今頃になると、それも一段落して、一年中でもっとも、暇な季節に当る。

「藤の間がいいかも知れませんね。あそこは静かですし、庭から大川もみえますから……」

るいから話を聞いたお吉がいそいそと部屋の準備をし、番頭の嘉助は、

「福の湯は福袋が随分と売れたそうで、さぞかし儲かったんでございましょうよ」

「だからこそ、店を出て、近くの宿で骨休めなどという贅沢を考えたのだろうと苦笑している。

夕方になって、長助から使が来た。

福の湯のお寿は、大変喜んで、今夜から御厄介になりたいと一刻ばかり後に「かわせみ」へ向うという。

「それじゃ、お炬燵《こた》に火を入れませんと」

お吉があたふたと炭火を運び、火鉢にかけた鉄瓶から白い湯気が立ち上る頃に、長助が自分でお寿を案内して来た。

「このたびは御厄介をおかけ申します」

帳場のところへ出迎えたるいに、丁寧に挨拶したお寿は下ぶくれの面立ちのせいもあって、五十というにしては若くみえる。

湯屋の女主人らしく、着ているものは地味な縞物で、黒地に白く麻の葉を絞り染めにした帯を締め、その上から薄く綿の入った袖なしを重ねているのが、年相応の感じであった。

お吉が藤の間へ案内し、熱い茶と干菓子を出してから、るいが嘉助と共に宿帳を持っ

て部屋へ行った。

改めて挨拶をし、

「長助親分の御紹介ではございますし、御近所のことで改めて宿帳にお書き頂くまでもございませんのですけれど、お上のきまりになって居りますので」

というと、お寿はすぐに筆をとって、住所と名前を書いた。

女にしては力強い、しっかりした筆蹟である。

「こちらは、以前からこの近くへ参りますたびに、一度、泊めて頂きたいと思って居りましたので……」

少し、はにかんだようにいうのが、小娘のようで印象は悪くない。

「どうぞ、御自宅にお出でのように、おくつろぎ下さいまし。御用はなんなりと気軽にお申しつけ頂きますように」

夕餉の膳を運ばせる段取りをして、るいは居間へ戻った。

長助は居間で東吾の話し相手をしていたが、るいの姿をみると、

「では、何分、よろしくお願い申します」

律義に頭を下げて帰って行った。

「いま、長助から聞いたんだが……」

長助と飲んでいた盃を手にしたまま、炬燵にすわり直して、東吾がいった。

「福の湯の女主人は独《ひと》り身《み》だそうだよ」

「御主人をおなくしになったんですか」

女主人というからには、後家だろうと、るいも想像していた。

「いや、亭主をもらわず、嫁にも行かずだとさ」

「ずっと、お独り」

「母親が早くに歿って、親一人娘一人、それで、なんとなく嫁《ゆ》きそびれたようだと長助はいっていたよ」

「そうでしたの」

自分も母親が早くに死んで、父娘二人の暮しだったと、るいは思った。

しかし、るいが縁談に耳を傾けなかったのは、子供の頃から東吾という男の存在があったからで、いわゆる婚期を過ぎた年頃になっても焦る気持はなかった。

まして今は、思い思われた男と夫婦になって、夢のような幸せの中にいる。

東吾とるいが福の湯のお寿について話をしたのはそれきりだったが、「かわせみ」の奉公人の間では、五十まで独身を通したお寿のことが恰好の話題になった。

いくら、るいが、

「お客様のことを、あれこれ噂をしてはいけません」

とたしなめても、女中頭のお吉までが、

「いくら、お父つぁんが嫁にやりたがらなかったにしても、御親類とか近所の方が縁談のお世話ぐらいしたでしょうに……」

とか、

「ひょっとして男嫌いなんですかね」

などと真剣に首をひねっている。

「世の中には、さまざまの事情を抱えているお方が多いのですよ。あたしだって、東吾様と夫婦になれなかったら、一生、独りでいた筈《はず》ですもの」

少し強い声でるいがいい、お吉は、

「いえ、うちのお嬢さんは別でございますから……」

それでも首をすくめて逃げて行った。

三

福の湯のお寿は、疲れを休めに来たというだけあって、「かわせみ」へ来て殆ど外出はしなかった。たまに、庭を歩いてみるくらいのものである。

それに対して、木更津から来た信濃屋の夫婦は、おとりが元気になると毎日、揃って出かけていた。

帰って来ると、今日は昔、奉公していた店へ挨拶に行ったとか、浅草で観音様をお詣りして来た、高輪の泉岳寺へ行った帰りに大名小路で、お城から下って来たお大名の行列を見物したとか、ひとしきり帳場のところで嘉助に話をする。

出かける時も帰って来た時も、夫婦がいたわり合っていて、心から江戸見物をたのしんでいるようなのが、これまた「かわせみ」の奉公人の話題になった。

そして、その夫婦の姿は、お寿の目にも入っていたらしい。

「少し、お話をさせて頂いてよろしゅうございますか」

と、お寿がるいに声をかけて来たのは、お寿が「かわせみ」に滞在して三日めのことであった。

その時、るいは居間の庭に出て、落葉焚きをしていた。

るいはてっきり、お寿から苦情でも聞かされるのかと思ったのだったが、お寿の話は全く、そうではなかった。

「お宅様では、いつも、薬湯になさっておいでのようでございますが……」

風呂の湯のことだと気がついて、るいは首を振った。

「いえ、そうではございませんが、たまたま、お客様が木更津からお着きになった夜、お体を悪くなさって、もう御回復なさってお出かけにはなっていらっしゃるのですが、その時、枸杞湯に致しましたところ、疲れがとてもよく取れるとおっしゃいましたので……」

たまたま泊りに来たお寿も疲労をいやすためと聞いたので、そのまま、枸杞湯を続けていた。

「枸杞湯でございますか」

納得がいったように、お寿はうなずいた。

「以前、手前どもの薬湯を調合して下さるお方から、その名前を聞いたことがございます」

「お気に召しませんでしたら、今夜から、普通の湯に致しましょうか」

「いいえ。さっぱりとして、本当に疲れが癒《いや》されるように存じます」

焚火に手をかざして、別にいった。

「松の間のお客様ですけれど、江戸見物にお出でになったようですのね」

軽く息をついて続けた。

「随分とお仲のよろしい御夫婦で、みていて羨ましくなってしまいます。夫婦は共白髪まで添いとげると、あのような良い感じになるのかと……」

るいはつつましく微笑した。

「どの御夫婦も老いてあのようになるとは限りませんでしょうけれど、あちらは本当に良い御夫婦でございますね」

お寿が焚火をみつめたまま、いった。

「私、とうとう一生を独りで来てしまいましたけれど、あのような御夫婦をみると、これでよかったのかと……」

客の心情に立入るのは避けて来たるいだったが、お寿の口調があまりにも寂しげだったので、つい、いった。

「私も早くに母を失い、父一人娘一人でございました。その父も、私が二十の年に他界致しましたので……」

お寿が優しく応じた。

「長助親分からうかがいました。でも、お好きなお方と、見事に添われたと……」

赤くなったるいを、そっと見た。

「私、悲しいことにそういうお方にめぐり合いませんでした。父も晩年は心配して、なんとか聟を決めたい、場合によっては嫁に出してもよいとあせって居りましたし、父が歿った後、親類から縁談も持ち込まれましたのですけれど……」

「お心にかなわなかったのですか」

「決心がつきませんでしたの。なにか不安で、今一つ、要心深くなってしまって……」

欲の深い女とお笑いにならないで下さい、と、うつむいた。

「一人娘で、父は私のために、少々の貯えを残してくれました。福の湯という店と、その他にも私が一生、困らないだけのものを……縁談の相手はそういうものをあてにして、私と夫婦になるのではないか、男に欺されて、或る日、一文なしにされて放り出されるのではないか、財産めあてで聟に来た男に、もし外に好きな女でも出来たら……そんなことを考えていたら、まとまる縁もまとまりませんでしょう」

この人の気持を笑えない、と、るいは思った。

もし、自分も東吾という男がなく、父親が死んだあと、庄司の家を継ぎ、同心という地位を背負って聟を迎えることになったら、やはり、お寿のような不安に悩まされたに違いない。

「私、父がなまじっかなものを残してくれなかったら、と思ったこともございます。でも福の湯があったからこそ、この年まで何不自由なく生きて来ることが出来たのですし、女だてらに商売に精を出すのも、けっこう、面白うございました」

湯屋稼業は多忙だし、人を使って商売をするというのも、自分の性に合っていたようだと、お寿はいった。

「自分の一生は、これでよいと思っていましたのですけれど、五十になったら、急にとり返しのつかないことをしてしまったような不安にとりつかれて……」

焚火の煙が空へ流れるのを見送るようにした。

「御縁談の他に、お好きな方はいらっしゃらなかったのですか」

思い切って、るいが訊《き》き、お寿は目を細くした。

「いいと思うようなお方には、もうお内儀さんがおいででした。私、それでも割り込んで行ける性分ではありませんし、あちらが私をどう思っていらっしゃるかもわかりませんでしたから……」

「そのお方は……」

「昨年、お歿りになりましたの」

色っぽいことなど、ついに一度も口にすら出さなかったといった。

「人の一生はやり直しの出来るものではありませんが、こちらへ来て、あのようなよく年をとられた御夫婦をみましたら、なにやら、わびしくなって、せめて、おるい様に私の気持を聞いて頂きたくなりました」

話して、少しだが心が安らいだといい、お寿はそっと焚火の傍を離れて、藤の間へ戻って行った。

お寿の話を、るいは東吾に話さなかった。

孤独な女の愚痴を夫婦で話せば、どうしても、自分の気持に優越感が湧いて来る。それは、お寿にすまないと考えたからであった。

一方、お寿のほうは、るいに気持をぶちまけてしまって気が楽になったのか、二、三日というのが、すっかり「かわせみ」に腰を落ち着けている。

「信濃屋さんが、明日、もし天気がよかったら、お発《た》ちになるとのことでございます」

と嘉助がいいに来た夕方、一人の男が「かわせみ」の暖簾《のれん》をくぐった。

応対に出た嘉助に、

「こちらに、木更津の信濃屋の隠居夫婦が泊って居りましょうか……」

まだ発っていないかと、せっかちに訊いた。

「失礼ですが、あなた様は……」

要心深く、反問した嘉助に、

「悴《せがれ》の新助が来たと取り次いで下さい」

といった。

身なりは実直な商人風であるし、面ざしも与兵衛夫婦に似ている。

で、嘉助が松の間へ取り次ぐと、

「新助が……」

と夫婦が顔を見合せた。

江戸へ出て来て「かわせみ」へ宿を取ってから木更津へ文を出しているから、悴がここを知ったのは不思議ではないが、わざわざ訪ねて来たのは少しばかり意外だといいながら、嘉助に、どうか通して下さいと返事をした。

けれども、嘉助が新助を案内して、入れかわりに、茶を運んで行ったお吉が金切り声を上げて、東吾を呼びに来た。

「大変です。松の間で親子喧嘩が始まって、息子がお父つぁんをなぐりつけています」

東吾がかけつけてみると、一足先にとんで行った嘉助が、暴れる新助を羽がい締めにしていた。

「いったい、どうしたというのだ」

東吾の目くばせで嘉助が手を放すと、新助は与兵衛に武者ぶりつこうとする。すかさず東吾がその右腕を逆に取ると、新助は悲鳴を上げた。

「痛え、なにをするんだ」

「なにをするとはお前のことだ。仮にも息子の分際で、親に手を上げるとは何事だ」

「お許し下さいまし」

東吾の前にひれ伏したのは、父親の与兵衛で、

「新助には手前どもからよく話を致します。どうか、手をお放し下さって……」

東吾が笑った。

「俺が手を放すと、こいつはまたあんたになぐりかかって行くだろう。ここは宿屋だ。派手にどたんばたんとさわがれちゃあ、他のお客に迷惑だ」

顔をしかめてもがいている新助へいった。

「手を放してやるから、俺に事情を話してみろ。場合によっては相談に乗ってやる」

新助が顔中を口にした感じで喚《わめ》いた。

「悪いのは俺じゃねえ。金を持ち出した親父が悪いんだ」

与兵衛が流石《さすが》にきっとなった。

「この金は、わしが働いて貯めた金だ。わしが持ち出して、どこが悪い」

東吾へすがりつくような目をむけた。

「お恥かしい内輪のことでございますが、どうぞ聞いて下さいまし。手前は悪事を働いたわけではございません。自分の悴に、なぐられるような真似は致して居りません」

女房のおとりが悴にすがるようにした。

「どうしてわかっておくれでないのだね。お前は嫁をもらい、孫まで出来た。おたまは嫁入りした。だから、あたしたちは信濃屋の店をお前にゆずって、お父さんと信濃へ帰って……」

「信濃へ帰るのは、お父つぁんたちの勝手だよ。俺がいってるのは、店の金を百両も持ち出したことだ」

「お前は、親を一文なしで国へ帰そうというのか」

与兵衛が目を怒《いか》らせた。

「この金はわたしたちの老後の金だ。それだけじゃない。お前が生まれる前に、信州で死んだ、わたしたちの子供の墓をたて、供養をしてやる金でもある。それを、お前はとり返しに来たというのか」

東吾が手をゆるめ、新助は左手で右腕をさすった。

「それが、お父つぁんの勝手だというんだ。店をゆずったというが、あれだけの店をやって行くには、万一の時のために、まとまった金がいる」

「わしが持って出たのは百両だ。お前は百両の金さえ惜しむのか」

「信濃屋の主人は俺なんだ。隠居の身分で勝手をされちゃあ、店の奉公人にしめしがつかない。お里だって百両は多すぎるといっている」

「嫁に、そんなことをいわれるおぼえはありませんよ」

おとりが泣きながら叫んだ。

「あの子を嫁にもらう時、嫁入り道具の一切合財、みんなこっちで用意して、お里の親には結納金がそっくり残るようにしたのは、お前だっておぼえているだろう。それからこっち、嫁の実家にどれほど金を出してやったことか。それでも、あたしは嫁に対して、ただの一度も嫌味すらいったことがない。お前が好きでもらった嫁だから……孫まで生まれているのだからと……」

新助が母親を足で蹴った。

「他人の前でごたごたいうな、みっともねえ。とにかく、二人共、俺と一緒に木更津へ帰ってくれ、話は家でゆっくりつけよう」

東吾が与兵衛夫婦を眺めた。

「あんた方は、息子と木更津へ帰る気があるのか」

老夫婦が激しく首を振った。

「とんでもないことでございます。一緒に帰ったら、どんなことになるか。悴は村の草相撲の関取で、これまでも親に向って力ずくで我意を通して来たのでございます。もう、これ以上」

新助が父親になぐりかかり、東吾は思いきり、新助の横っ面を張り倒した。

大きな新助の体が部屋のすみにふっとび、頭を抱えてひっくり返ったきり、暫《しばら》くは動けない。

「嘉助、源さんを呼んで来い。こんな親不孝者はしょっぴいて、江戸の御牢内に叩き込んでやる」

廊下にいた嘉助が、ちょっと苦笑して出て行き、おとりが東吾にいった。

「どうぞ、御勘弁下さいまし。それではあんまり、あの子が……」

「そうやって、あんたが甘やかすから、こんなけだものが出来上っちまったんだ」

青くなっている新助へ向き直った。

「お前も堅気の米屋なら、頭を冷やして俺のいうことを聞け。お前の親父は一代で米屋の店を持てるほど、働いて働いて働きまくったんだ。お前はどうだ。いい年をして草相撲の力自慢なんぞしている暇に、親の二倍も三倍も働いてみろ。そうすりゃ店に万一なんてことは起らねえ。遊んで暮す量見だから、万一の心配が出て、親の金をひったくろうとする。お上はな、親孝行には御褒美が出るが、親不孝者は百叩きの刑か、悪くすると世の中へのみせしめで、手前の素っ首ひき抜いてみせるかもわからねえんだ。木更津の代官所は甘え顔をしても、お江戸じゃ、そいつは通らねえ。まあ、どうなることか、いっぺん、しょっぴかれてみるんだな」

嘉助の足音が戻って来た。

「只今、畝の旦那がおみえになります」

うずくまっていた新助が、がたがた慄《ふる》え出し、なにかいおうとする母親の口を父親がそっと押えた。

四

翌日、春たけなわのような陽光がふりそそぐ中を、与兵衛夫婦は、予定通り、大川端を発った。

「新助のことは心配するな。二、三日、臭い飯を食うのも、身のためだろう。源さんが木更津行きの船に乗せるから、まあ、まかせておくことだ。あんた方も、決心して木更津を出て来たのなら、もう、倅はないものと思って、故郷でいい余生を送ることだよ」

　東吾の言葉に、老いた夫婦は深くうなずき、頭を下げ、手をとり合うようにして去って行った。

「あの御夫婦、信州へ帰ろうと決めなすったのは、最初の子供さん、水子に流したお子さんの供養をしたかったからだそうですよ」

　見送っているお吉がそっと告げた。

「子供の時から許嫁《いいなずけ》だったのに、水呑百姓でなかなか祝言もままならない。そのうちにおとりさんのお腹に赤ちゃんが出来て、泣く泣く水に流したんだそうですよ。それで、与兵衛さんが一念発起して江戸へ出て米つきになり、おとりさんも村から出て来て、二人で働いて、今の身代を作りなすったとか。そうなってみると、最初の子供が不憫《ふびん》で不憫で、夜もねむれなくなったって、おとりさん泣いていましたよ」

　人生の晩年を迎えて、夫婦は漸く、若い時の悲しみの帳尻を合せようと、故郷へ帰って行った。

「それにしても、新助って人、まさか、信州まで追っかけて行きゃあしないでしょうね」

　お吉の懸念を東吾が笑いとばした。

「源さんの話だと、御牢内の新助はちぢみ上って、毎日、泣いてばかりいるそうだ。源さんの脅《おど》しは俺より本職だから、改心はしないまでも、信州まで行く元気は失せるだろう。あいつだって、それほどの馬鹿じゃあるまい」

「わかりませんよ、この節、人間がどんどん悪くなっているんですから」

お吉は不安顔だったが、数日後、新助は神妙に木更津通いの船に乗って行ったと源三郎からの知らせが入った。

そして、もう一人、福の湯のお寿も、

「いつまでも、こんな楽な暮しをしていられませんので……」

迎えに来た番頭と永代橋を渡って、深川へ帰って行った。

「お寿さんは、与兵衛さん夫婦のことを知って、びっくりしなすったようで、他人からは幸せそうな老いを迎えた御夫婦にも、めくってみりゃあ血の流れそうな昔があるってことを悟ったようでして……」

嘉助がそっとるいにささやき、るいは黙って東吾の袴《はかま》の手入れをはじめた。

おだやかな春の一日、だが、明日の天気は誰にもわからない。

江戸は、やがて、地面から虫の這《は》い出して来るという、啓蟄《けいちつ》の日を迎える。

一《ひと》ツ目《め》弁財天《べんざいてん》の殺人《さつじん》

一

本所、竪川《たてかわ》に大川のほうから数えて一番目の橋、通称、一ツ目之橋の南側に弁財天の社《やしろ》があった。

元禄の頃、五代将軍綱吉が江ノ島の弁財天を信仰して千代田城内に勧請《かんじょう》したのを、鍼道杉山流の元祖、杉山検校《けんぎょう》が一ツ目あたりに地所を拝領した際、命ぜられてここに移したといういわれがあり、境内はおよそ五百坪余り、朱塗りの本殿の脇に、江ノ島の弁財天に真似て小さな洞窟が造られて、その入口に近いところには「いわやみち」と彫った石碑が建っている。

早朝、ここへ参詣に来たのは、弁財天とは道をへだてた水戸様の石置場の前に茶店を出しているおくまという四十すぎの女で、年のせいかどうも目が悪くなったような気がして、このところ、弁財天へ朝参りを続けていた。

いつものように「いわやみち」を通って洞窟へ入ろうとして、ひょいと右手の池をみると向う側の汀《みぎわ》になにか黒っぽいものがあって、朝陽がそれに当ると、きらりと光った。

なんだろうかと目を凝らしていて、やがて、おくまはがたがたと慄《ふる》え出した。腰が抜けそうになるのを、必死でこらえて、堂守のいる社殿までよろめきよろめき歩いた。

堂守はちょうど起き出してきて、社殿の正面の扉を開けたところであった。

おくまをみて、

「いつも、早いねえ」

と声をかけ、異常に気がついた。おくまは口がきけず、しきりに池の方角を指している。

「なにかあったのかね」

下駄を突っかけて、おくまの指すままに池のほうへ行ってみた。

別段、なんということはない。が、あとから追いついて来たおくまが、

「うっ……うっ」

と手をあげて教えた場所へ目をやったとたんに顔から血の気が引いた。

「あ、ありゃあ……」

堂守がとび出して行き、やがて知らせを受けて深川佐賀町の岡っ引、長寿庵の長助が若い者と一緒にかけつけて来た。

すでに、おくまの御注進で近所の橋番だの、鳶《とび》の若い衆も来ていた。

長助の指図で、池、といっても、この辺りは埋立地なので、深田のようになっている水底に下半身が埋まってしまっていた女の死体をずるずるとひっぱり上げた。

緋鹿《ひが》の子《こ》の結綿《ゆいわた》の髪がくずれて、後挿しの銀の平打ちが髪から音をたてて石畳に抜け落ちた。

おくまが最初に目にしたのは、この銀かんざしに陽が当って光ったものであった。

下半身は泥まみれだが、上体のほうは汀の水の中に張り出した岩にもたれかかったように沈んでいたので、ずぶ濡れだが汚れてはいない。

「こりゃあ、名主さんとこのお嬢さんだ」

怖いもの見たさで、池のふちからのぞいていた堂守が叫んだ。

「この近所の娘か」

すかさず、長助が訊《き》く。

「へえ、よく参詣に来ていますんで……林町二丁目の名主さんの一人娘に違いございません」

長助が目くばせして、すぐ若い者の仁吉というのが走って行った。

林町は竪川沿いで、竪川と小名木川を横につなぐ六間堀を越えたところが二丁目であった。

「こいつは殺しだぜ」

娘の死体の傍へしゃがみ込んだ長助が呟《つぶや》いたのは、娘の首に紐で絞めたような痕がみえたからである。

「松……」

と長助は、もう一人のお手先を呼んだ。

「八丁堀へ行って、畝の旦那に知らせて来い。もしも、もう御出仕なすったあとだったら、その……かわせみへ寄って……」

それだけで松吉は万事、心得顔で境内を出て行く。

松吉と入れ違いに、ぼつぼつ初老といった年配の男と、その女房とみえるのが、仁吉に案内されて急ぎ足にやって来た。

「旦那様、やっぱり……やっぱり、お嬢さんはお詣りに来なすったんで……」

堂守が出迎えるようにして、口走った。

そして、おそるおそる死体に近づいた夫婦が、殆ど声にならないようなうめき声をあげた。

「おみち……」

死体にすがりついたのは母親が先で、あとは激しい嗚咽《おえつ》が、まわりの人々に忘れていた涙を誘い出した。

「佐賀町の親分さん、どうも、とんだことになりまして……」

漸《ようや》く、気をとり直した父親が長助に挨拶した。長助とは無論、顔見知りである。

本所林町二丁目の名主、岡本彦右衛門とその女房のお桑であった。

「お嬢さんに間違いございませんか」

流石《さすが》に気の毒で視線を合せにくく、うつむき加減に長助は訊いた。

「さきほど、ここの堂守が、やっぱり、お詣りに来なすったといったようでしたが……

それは、どういうことで……」

野次馬はすでに境内から追い出していたので、この場にいるのは、死体を池からひき上げる手伝いをした鳶の若い連中と堂守で、その中、鳶の連中は遠慮して、すこし離れた所へ下った。

「それは、あの……」

彦右衛門が言葉を探すようにして、すぐに続けた。

「昨夜、あれはもう亥《い》の刻（午後十時）になって居りましたが、家内が、娘の姿がみえないと申しまして……」

夜更けのことではあるし、目のあまりよくない娘のことだから、よもや外に出たのではあるまいと家中に声をかけてみたが、おみちは居なかった。

外を探すことになったが、これといっておみちが行きそうな所も思いつかない。

「もしかすると、弁天様へ夜詣りに行ったのではと家内がいい出しまして、ここまで探しに参りました」

もう寝仕度をしていた堂守に声をかけ、社殿から洞窟の中まで見て廻ったが、みつからなかった。

「その時、池のほうは照らしてみたので……」

長助が訊き、彦右衛門が沈痛な表情になった。

「足でもすべらせているかと、いわやみちのほうの水辺はみて参りましたが、向い側までは……」

提灯のあかりも、届きはしない。

「かわいそうなことを致しました。念には念を入れていれば……娘をひと晩中、水の中に……」

彦右衛門の声が慄え、長助はそれ以上、訊けなくなった。

親の気持を考えれば、一刻も早く娘を家へ運んで体を清め、新しい着物を着せてやりたいだろうと思うが、この場合、検屍がすまないうちは動かすわけにも行かない。

だが、その時、長助をほっとさせる声が境内を入って来た。

「途中で松吉に会ったんでね。話を聞いたから、医者が入用だろうと、とりあえず、宗太郎に声をかけた」

神林東吾の後に麻生宗太郎の顔がみえる。

「ですが、まさか、死人を麻生様に……」

相手は大身の旗本の跡取りだし、将軍家お抱えの御典医の息子とわかっている長助は慌てたが、

「なにをいっている。俺は医者だぞ」

宗太郎はすばやく死体に近づき、

「東吾さん、ちょっと目かくしをして下さい」

持って来た大きな白布を渡した。広げて長助と東吾がすみを持つと、とりあえずの屏風がわりになる。

「二人とも、むこうをむいていて下さいよ」

いわれるまでもなく、東吾も長助も宗太郎と死体には背をむけて立っていた。

手ぎわよく宗太郎は死体を検《あらた》めた。

「もうけっこうですから、その白布でこちらを包んで下さい」

さぞかし、家へ帰りたがっているだろうから、どうぞ、と声をかけ自分は井戸端へ行って手を洗っている。

「源さんが来たら、一緒に行くから、長助親分はついて行っていいぞ」

東吾がいい、長助は白布に包まれたおみちの遺体を戸板にのせ、鳶の若い衆にかつがせて、彦右衛門夫婦と共に境内を出て行った。

それを見送ってから、東吾が宗太郎の傍へ近づくと、宗太郎は矢立を出して、帳面に検屍の結果を書いている。

「死因は絞殺です。水はまるで飲んでいません。凶器は細くて固い紐でしょう。下手人はかなり力のある奴です」

「むごいことをするものだな、あんないい娘を……」

「東吾さん」

宗太郎の表情に怒りが浮んでいた。

「下手人は、凌辱しています」

松吉を先に立て、畝源三郎が参道を入って来た。

「許せねえな」

低く呟き、東吾はむっと唇を結んだ。

二

麻生宗太郎と別れて、東吾は畝源三郎と岡本彦右衛門の家へ向った。

竪川に射している朝の陽は、むごたらしい事件とは関係ないように明るく春めいている。

「東吾さんは、途中で松吉にお会いになったそうですね」

「花坊と約束があったんでね」

桃の節句の雛壇に供える白酒や菱餅、あられなどを、麻生家ではいつも天王町の駿河屋へ註文していたのだが、と東吾は例によって屈託のない調子で話し出した。

「駿河屋が火事で焼けちまったそうだ。それで、るいの奴が日本橋の松風軒へ買いに行くといったら、花世もついて行くといい出しやがってさ」

朝から麻生家へ花世を迎えに行き、「かわせみ」で昼飯を食べてから日本橋へくり出すことになっているという。

「それじゃ、寄り道はいけませんな」

「なに、宗太郎が心得ているよ」

「天王町というと、御蔵前の近くですな」

あのあたりは今年になって不審火が多かった、と源三郎がいった。

「駿河屋も放火だといっていた」

「下手人は一応、捕まったようですが……」

そのことについて源三郎が話をしかけた時に、松吉がいった。

「そこが、名主の岡本彦右衛門の家でございます」

玄関脇の日だまりに長助が立っていた。

名主というだけあって、さして大きな家ではないが、がっしりとした造りである。

家の中は人が右往左往していた。はやばやと弔問に来たらしい近所の人の姿もみえる。

「お内儀《かみ》さんは泣いてばかりいて埒《らち》があきませんが、彦右衛門さんは気持が鎮まったようですので……」

案内したのは南側の庭に面した部屋であった。

長助が呼びに行って、彦右衛門はすぐに来た。

「お手数をおかけ申します」

東吾と源三郎に頭を下げ、続けて訊いた。

「娘は……やはり、殺されましたので……」

源三郎は重くうなずいた。

「検屍によると、何者かに首を絞められ、その後、池に投げこまれたようだ」

彦右衛門が唇をわなながせた。

「お願い申します。どうぞ、娘の仇を……」

悲しみをこらえるかのように、両膝を握りしめる。

源三郎はてきぱきと、昨夜、おみちが居なくなった時のことについて訊《たず》ねた。

「長助親分にも申し上げましたが、昨夜、亥の刻すぎでございましたが、家内が寝る前に娘の部屋をのぞきましたところ、おみちの姿がございません」

「待て」

東吾が制した。

「母親が娘の部屋をみに行ったのは、なんのためだ」

「はい」

彦右衛門は東吾を畝源三郎と同じ、町奉行所の役人と思い込んでいるらしく、東吾が口を出したことに不思議そうな様子をみせなかった。

「実は少々、娘に心配事がございました。それで、ここ数日、おみちは飯も咽喉《のど》を通らず、泣いてばかり居りましたので、手前も家内も娘のことが心配で、まだくよくよと思い悩んでいるのではないかと……」

「わかった。その心配事というのは、あとで訊こう。娘の姿がみえず、家の内外を探したのだな」

「はい、夜更けに若い娘がどこへ行くあてがあろうとも思えません。おみちは三年ほど前に大病を致しまして、目があまりよくございません。そのために一ッ目の弁天様へおまいりに参って居りました。それでもしやと弁天様まで行ってみましたが、堂守さんも知らぬといい、岩窟《いわや》にも姿はございませんでした。それで、あきらめて帰って参りましたが、居ても立ってもいられず、竪川のあたりへ出てみたり、気ばかり焦ってもどうしようもなく夜があけてしまいました。そこへ知らせが参りまして……」

「おみちが家をぬけ出した時刻は見当がつくか」

「戌《いぬ》の刻（午後八時）すぎまで親子三人で話をして居りました。おみちが疲れたのでもう床に入ると申しまして、自分の部屋へ行き、手前ども夫婦は暫《しばら》く話をして居りました」

「おみちの部屋は……」

「この隣でございます」

彦右衛門が立ち上って間の襖《ふすま》を開けた。

「夜具は先程、片づけましたが……」

鏡台や簞笥など、若い女らしい調度で飾られている。

「不躾《ぶしつけ》だが、名主どのはどこで寝《やす》まれる」

「この部屋でございます」

娘の部屋の隣が夫婦の寝間であった。

「おみちが自分の部屋へ戻った時、名主どのはこの部屋に居られたのか」

「いえ、茶の間は廊下のむこうでございまして……」

廊下側の障子を開けて教えた。

玄関のほうへ行った左手である。

「この家の奉公人は……」

「女中が一人、おなみと申しまして、十六になるのが、台所の横の部屋に寝起きして居ります。あとは通いで手代が……吉右衛門といいまして、同じ町内の家作に女房子と暮して居りますが……」

「すると、おみちは自分の部屋の雨戸を開けて出かけたのであろうな」

台所には女中が寝ているし、玄関に近いほうには両親が起きている。

「おっしゃる通り、おみちの部屋の雨戸が一寸ほどあいて居りまして……」

「履物は……」

「おそらく足袋はだしだったかと……」

遺体は、なにも履いていなかった。

「おみちは、部屋へ引き取る前に、時刻を気にしているふうはなかったか」

彦右衛門が考え込んだ。

「そういえば、もう何刻頃だろうと申しました。手前が五ツ（午後八時）を廻る頃ではないかと答えまして、あの子はもうやすむと……」

東吾が大きく合点した。

「ところで、話しにくいことかも知れないが、娘の心配事というのを打ちあけてくれないか」

「……」

「娘さんに恋人でも出来たのか」

白髪まじりの彦右衛門の頭が低く垂れた。

「恋人と申すような仲ではなかったと存じますが……」

「なにをしている男だ」

「はい」

漸く思い切ったという感じで、彦右衛門が顔を上げた。

「娘は大病をしたあと、月に二、三度、医者の勧めで鍼《はり》の治療を受けて居りました」

深川冬木町に住む弥三郎という者で、

「杉山流の修業を致し、鍼が大層、上手だと評判でございまして……」

「年は……」

「二十八と聞いて居ります」

「昨夜、そいつの家へは行ってみなかったのか」

「それが、冬木町には居りません。御牢内に入って居りますそうで……」

東吾と源三郎が顔を見合せた。

「御牢内とは……弥三郎と申す者は、なにをしたのだ」

源三郎が訊いた。

「火つけのお疑いだとか」

「放火か」

「信じられません。娘はもとより、手前共にしても、なんで、あの弥三郎が火つけなど……」

四日前の夜、といってもまだ宵の口に茅町一丁目の煙管《きせる》問屋、山田屋吉蔵方の裏口近くから火の手が上った。

「幸い、早く気がついたそうで羽目板が一間余り燃えただけで消し止めたようですが……」

現場をうろうろしていた弥三郎が下手人として捕えられた。

「手前どもが知りましたのは、翌日のことで……たまたま、手代の吉右衛門が蔵前のほうへ用足しに参りまして小耳にはさんで参りました。驚いて居りますところへ、瓦町の甚三という親分がおみえになりまして、弥三郎のことを聞きたいと……それで、手前共では、とても火つけなど出来るような人ではないと申し上げました」

　黙って聞いていた長助が口を出した。

「それじゃあ、弥三郎を召し捕ったのは、瓦町の甚三なんで……」

「そのように、うかがいました」

　奥から手代が来て通夜の段取りを訊いたのをきっかけに源三郎は腰を上げた。東吾と長助と、彦右衛門に挨拶をして外へ出る。

「鬼甚の奴じゃ、厄介ですぜ」

　竪川のふちへ出て、長助がいった。

「瓦町の甚三のことか」

「誰も甚三なんて呼ぶ者は居りません。瓦町に住んでいるんで鬼瓦、鬼甚というのが通り名で……」

「あんまり、評判がよくないんだな」

「岡っ引の風上にもおけねえ奴です」

　温厚な長助が苦虫を嚙みつぶしたような顔をした。

「もともとは、鰻屋の悴だったそうですが、餓鬼の時から手癖が悪く、親が随分と尻ぬぐいをしていたのが、祭の喧嘩で相手を半殺しにしちまったんで、とうとう勘当したってきいてます」

「そんな奴が、どうしてお手先になったんだ」

　東吾の問いに苦笑しながら源三郎が答えた。

「我々の仲間で小川富十郎という仁《じん》が居られるのですが、甚三が厄介をおかけした時、同じ力自慢をするならお上の御用に使えといわれて手札をつかわしたと聞いています。小川どのの話では、けっこう、ものの役に立つとか……」

「小川の旦那は丸めこまれてるんです」

珍しく長助がいいつのった。

「鬼瓦のやることは、とにかく、とっつかまえてぶっ叩く。悪党も捕えたか知りませんが、あいつのおかげで無実の罪で島送りになったの、百叩きにされたのって、仲間内でも噂になってますんで……」

小名木川まで来て、麻生家へ寄ってみると宗太郎が、

「花世は七重がつれて、かわせみへ行きましたよ。おるいさんと一緒に日本橋で買い物をすると、母親のほうまでが、はしゃいでいましてね」

という。

「すると、俺は用なしだな」

東吾が訊いた。

「麻生家御用達の駿河屋が焼けたのも今年になってからだったな」

「つい、半月ばかり前のことでしたよ」

「駿河屋も天王町か、蔵前に近いわけだ」

独り言をいって、一緒について来た源三郎にいった。

「これから、鬼瓦の面《つら》をみてくる」

「手前は奉行所へ参らねばなりませんが……」

「いいよ、一人がいい」

長助もついて来るな、と東吾はいったのだが、

「いえ、あっしはお供を致します」

深川冬木町は自分の縄張りだと長助は口惜しそうに告げた。

「冬木町の人間をお縄にしたら、一応、こっちに声をかけるのが仁義ってものです」

「ついて来るのはいいが、鬼瓦と喧嘩するなよ」

笑いながら、東吾は両国橋へ、今来た道を戻った。

三

回向院の門前の盛り場は、あたりが春めいてきたせいか、けっこう人出が多かった。

両国橋の上を吹く風も、ついこないだまでの冷たさがない。

「若先生は、おみちが誰かに呼び出されたとお考えなんで……」

思案しながら歩いて来たような長助がそっと訊いた。

「そいつが弱ってるんだ」

人ごみを縫いながら、東吾が応じた。

「好きな男に呼び出されたんなら、少々、目の悪い若い娘が、親にかくれて一ツ目の弁

天までかけつけるかも知れないが、その相手は御牢内ってわけだろう」

「弥三郎の他に、別の男がいるんじゃあ……」

「恋人か。まあ、そいつはないだろう。父親の話をきいても、おみちは箱入り娘のようだからな」

体も丈夫ではなさそうだし、目が悪い。

「だからこそ、鍼療治に来る若い男を好きになったんだろう」

「とすると、いってえ……」

「俺にもわからない。とにかくつけ火をした弥三郎を調べてみないと……」

「弥三郎から、なにか出ますか」

「瓢箪が出るか、駒が出るか」

両国橋を渡り切って右へ向うと神田川で、その上に架っているのが柳橋である。

「ちょいと番屋で訊いてくれないか。この界隈は近頃、不審火が多いそうだ。正月からこっち、どことどこが燃えたのか……」

心得て長助はとんで行き、東吾は柳橋の袂《たもと》に立って大川と神田川を行く舟を、少し眠そうな目で眺めていた。

やがて、長助が戻って来た。

「ざっと書いてきましたが……」

一月十七日　猿屋町　常陸屋権四郎方より出火　三軒全焼

一月二十九日　天王町　宝来屋より出火　駿河屋など四軒類焼
二月八日　福井町二丁目　足袋問屋柏屋より出火　ぼやにてすむ
二月九日　茅町一丁目煙管問屋山田屋より出火　ぼやにてすむ

「弥三郎が捕まったのは、二月九日の小火《ぼや》だな」

東吾が呟き、

「ですが、番屋の話ですと四軒とも、弥三郎の放火なんだそうです」

疑わしげに長助がいった。

「理由は……」

「現場近くに弥三郎のいるのを、鬼甚が見たといってるんだとか」

急に大きな影が長助の背後に立った。

「誰かと思えば、深川の兄貴じゃござんせんか。なんか用でもあったら、遠慮なくいいつけておくんなさい」

正面から相手の顔をみて、東吾は内心で苦笑した。

たしかに鬼瓦そっくりの御面相だが、物腰は柔らかく丁寧で、如才がない。

「こりゃあ、お……」

鬼瓦といいかけて、長助が慌てていい直した。

「瓦町の甚三どん。若先生、こいつが……」

甚三が東吾をみて、改めて頭を下げた。

「神林の若先生でございますか。お名前はちょいちょいうかがって居ります。小川の旦那からお手札を頂戴している甚三と申します」

東吾が微笑した。

「実は、先月二十九日の火事で、知り合いの菓子屋が焼けちまってね」

「駿河屋さんでございますか。あの店は丸焼けで……立ちのき先は今戸の隠居所ですが、たしか、今日も焼跡の始末に来ていなさる筈で……」

「火元は宝来屋か」

「へえ、料理屋でございますから、夜更けまで火を使います。板場の火の不始末かといわれたんですが、実はあの日、宝来屋は休みでございまして、川越のほうの親類の法事に夫婦で行って居りまして、奉公人も大方が暇をもらって朝から遊びに出ていたそうで、無人の家から火が出るというのは怪訝《おか》しいようで……なにしろ人が居りませんで火の廻りが早く四軒だけで消し止めて、大火にならなかったのは不幸中の幸いだと思って居ります」

江戸の冬は大火が多かった。

つい数年前にも麹町から出火して小半日も燃え続け、三十八カ町、神社五十余、寺院百二十余、大名上屋敷三十六、旗本屋敷二百五十余軒が灰になっている。

「幸いといやあ、火つけの下手人が挙《あが》ったそうじゃないか」

さりげない東吾の言葉に、甚三はあまり得意そうな様子をみせなかった。

「冬木町の鍼師だそうだが、もし、本当にそいつがやったとなると、挙げたあんたは大手柄だな」

「そいつが、どうも、迷って居りますんで……」

「迷う……」

「小川の旦那のお調べでは、弥三郎は未だに白状致しませんそうで、当人はその近所へ療治に呼ばれて来たと……」

「しかし、現場に居たんだろう」

「間違いはございません。あっしの目には、どうも胡乱《うろん》にみえたんですが、実際、弥三郎が火をつけたのかどうか、証拠もなんにもございませんし、あっしの早とちりじゃなかったかと、今朝も小川の旦那に申し上げて来たところでございます」

「弥三郎ではないかも知れないというのだな」

「お恥かしいことで……この分だと十手捕縄を返上しなけりゃならねえと思って居ります」

肩を落して溜息をついている。

「まあ、間違いは誰にもあるもんだ。そうしょげるには及ばないだろう」

そこへ番屋の親爺が走って来た。

「小川の旦那からお呼び出しだそうで……」

甚三が東吾へ小腰をかがめた。

「どうも道端で御無礼を申しやした。お聞きの通りですんで、あっしはこれで……」

「御苦労だな」

大股に去って行く甚三を見送って東吾は長助から渡された書きつけを眺めた。

「とにかく、焼跡を廻ってみよう」

「あの野郎、猫かぶりゃあがって……」

長助が舌打ちした。

「若先生の前だと思って、調子のいいこと、べらべら喋りゃあがる。胸くそが悪いや」

だが、東吾は苦笑しただけで歩き出した。

一回目の火元である猿屋町の常陸屋は大きな酒屋であった。間口が四間もある店が全く灰燼に帰したばかりでなく、常陸屋の両隣があらかた焼け落ちている。

「前が掘割で水の便がようございましたのと、なにしろ、町の裏側には芝の御霊屋《みたまや》の御掃除屋敷がございます。会所は両隣、堀のむこうは両替屋敷、蔵前の御米蔵も近いってんで火消しがわあっと集って来て、なんとか消し止めたようで……」

焼跡をみている東吾と長助に、このあたりの町役人《ちょうやくにん》だという老人が話しかけた。

自分の家は天王町だといったのに、東吾が応じた。

「天王町も焼けた筈だが……」

「手前の家は助かりました。先月二十九日のことで……」

天王町は猿屋町の東隣であった。

浅草の御米蔵には更に近い、鳥越橋の袂《たもと》の町でもあった。

「猿屋町の不審火から半月足らずでやられたんですからたまりません。ですが、猿屋町同様、水はたっぷりございましたし、火消しのかけつけるのも早《はよ》うございました」

それでも四軒が丸焼けになった。

「まあ、風がなかったのが、なによりでして……」

天王町の焼跡も、漸《ようや》く片付けが終ったころであった。

「ここらあたりは大店《おおだな》ばかりで、新店が建つのも早いだろうと思いますが、春とはいっても仮住いの人たちは、さぞかし、うす寒い気持でござんしょうねえ」

長助が気の毒そうにいった。

「次は福井町だな」

鳥越橋から浅草御門へ抜ける道を行くと、

「若先生、ここらが瓦町で……」

いささか複雑な顔付で長助が教えた。

「鬼瓦の住居は、どこだ」

東吾の言葉に、長助が一軒の店で訊いて来た。

「裏側の長屋の奥だそうで……」

表通りは大店が軒を並べているが、一つ裏へ入ると棟割長屋がひしめいているという江戸の町造りは、このあたりでも変ってはいない。

「ここの突き当りですかね」

長助が袋小路の入口にかけてある名札をみて告げた。

昼でも暗い狭い路地には、溝《どぶ》の臭いが漂っている。

「あいつ、女房子はいないのか」

「さあ、一人暮しだって聞いたことがありますが……」

たまたま、店賃の取立てにでも来たのか、大家が路地から出て来たので、長助が訊いてみると、

「あれじゃあ女房の来手《きて》がありませんや」

という返事であった。

「なにせ、女房子を養うほどの稼ぎがあるとは思えませんよ」

東吾が笑った。

「しかし、岡っ引ともなると、縄張り内をぐるっと廻るだけで袂がずっしり重くなるってじゃないか」

大家が手を振った。

「そりゃあ、もうちっとましな親分衆のことで、ここらの者はあいつが親から勘当されたことも、お上の御厄介になったことも知ってますからね。少々、御用風を吹かせたって、みんな腹の底で笑ってまさあね」

「それじゃあ、役得はあんまりないな」

「定廻りの旦那に胡麻をすって、なんとか凌《しの》いでいるんじゃありませんか」

瓦町の間の道を入って行くと福井町二丁目であった。大家も同じ方角に用があるのか、東吾達について来る。

足袋問屋の柏屋は路地を入ったところの板壁が黒く焼けているだけで、大家が指して教えなければ、東吾も長助も見過してしまうほどである。

「ここは、鬼瓦の家に近いな」

東吾がいい、大家が返事をした。

「ですから、火の手の上るのをみつけたのも、鬼甚でして……まだ宵の口だったんで柏屋さんの奉公人がとび出して来て水をぶっかけて消したそうですよ」

東吾がつかつかと柏屋へ入って行った。

「つかぬことを訊くようだが、当家が不審火に遭ったのは、いつのことだ」

番頭らしいのが、少々、驚いた顔で出て来た。

「この八日でございますが、あれはつけ火で……」

「それは承知して居る。その時の様子を教えてもらいたい」

相手が侍だし、外には御用聞きらしいのが立っているので、番頭は店を出て、路地の羽目板のところまで来た。

「ちょうど、店の者が帳合せをして居りました時で、六ツ半（午後七時）か、まだ五ツ（午後八時）にはなっていなかったと存じます。なんとなくきな臭い匂いがしたのでございますが、おさんどんが飯の仕度をしているのだと思って居りましたところ、表のほうで甚三親分の叫ぶ声が聞えまして、小僧が出てみると、ここのところがまっ赤に燃えて居りますんで……」

あとは店の者が総出で水をかけて消し止めたという。

「鬼甚に、礼をしたのか」

「そりゃあもう、旦那にいわれまして、手前が挨拶に参りました」

「いくら包んだ」

ずけずけと東吾が訊き、番頭は困ったように、

「五両ほど、包みまして……」

低声で答えた。

「豪気だな」

「ですが、火事になって居りましたら、五両では済みません」

「そりゃあそうだ」

手間をかけたといい、東吾はどんどん路地を出て行った。

再び、表通りに出る。

「お次は一日違いで茅町だな」

柏屋の小火《ぼや》の翌日であった。

茅町一丁目の山田屋は、もう浅草御門の近くであった。

「いくら煙管問屋だからって、下手に煙を出されちゃあかなわねえな」

東吾が洒落にもならないことをいって山田屋をのぞいたが、小僧の話だと、勝手口の脇、外壁に沿って積み上げてあった炭俵と薪に火がついて、ぼうぼう燃えたが、これも宵の口で、近所からも人が出て、無事に消すことが出来たようであった。

「火つけの下手人は、だんだん、ぞんざいになって来やがったのかな」

神田川を柳橋のほうへ戻りながら東吾がいった。

「猿屋町と天王町は深夜で、どっちも三、四軒は燃えている。福井町と茅町は二日続けての放火だが、どっちも宵の口で小火で終ったってわけか」

「四軒とも、同じ下手人の仕業でございましょうか」

と長助。

「だとすると、少々、面白い」

「鬼甚の野郎、自分で火をつけておいて、御注進に及んだんじゃありませんかね。礼金五両もせしめやがって……」

長助はどうしても甚三が気に入らないらしい。

「礼金めあてだとすると、猿屋町と天王町はどうなる。茅町のほうも、別に鬼瓦が知らせたわけじゃなさそうだが……」

「ですが、四軒の火事場に弥三郎がいるのをみかけたって鬼甚が申し立てたってことは、鬼甚もそこに居たってことにはなりませんか」

「流石だな。長助親分、伊達に十手捕縄おあずかりしているわけじゃねえな」

だが、東吾はそれっきり何もいわない。それが不満で、長助はとうとう「かわせみ」までついて来た。

東吾のほうも帰れとはいわない。

「かわせみ」へ着いたら、番頭の嘉助や女中頭のお吉に自分の考えを話して、と長助はあてにしていたのだったが、「かわせみ」には思いがけない客が東吾を待ちかねていた。

四

「どうぞ、畝の旦那にお口添えをお願《ねげ》え申します。弥三郎って奴は、断じて火つけなんぞやらかしゃあしません。それだけは、あっしが命にかけて申し上げますでござんす」

東吾の前に両手をついたのは、麻生家の花世が「髭もじゃもじゃ」と呼んでいる、永《えい》代《たい》の元締、文吾兵衛である。

東吾が少しばかり驚いた。

「永代の元締は、なんで弥三郎を知っているんだ」

「知ってる段じゃござんせん。あいつが赤ん坊の頃からのつき合いでして……」

弥三郎の父親は弥吉といい、けっこう腕のいい大工だったと文吾兵衛は話し出した。

「弥吉の女房のおさだってのが、あっしの死んだ女房と幼友達でして、同じ深川の中ですから、折に触れての行き来がございました」

ところが弥三郎が十歳の時、父親が酒の上の喧嘩で相手を殺してしまい、自分も申しわけに首をくくって死んでしまった。

「女房のおさだは元来、体が丈夫じゃなかったんですが、それからってものは寝たり起きたりの半病人になっちまいまして……」

文吾兵衛はおさだの面倒をみる一方、弥三郎を知り合いの大工にあずけて一人前に仕込んでもらおうとしたのだが、

「弥三郎の奴が、自分は大工には向いていない、それよりも鍼の修業をして、母親を元気にしてやりてえと申します。そこで伝手《つて》をみつけて杉山流の宗一という検校の内弟子にしてもらいやした」

およそ十年、修業の甲斐あって、弥三郎は師匠の許しを得て、杉山流の鍼師の免状を手に家へ帰って来た。

「母親は安心したんでしょう、悴にみとられて、あの世へ旅立ちましたんです」

その時のことを思い出したのだろう、髭もじゃもじゃの目がうるんだ。

「以来、弥三郎は鍼で暮しを立てて居ります。近頃ではいいお客もついて、当人は十日に一度ずつ、あっしのところへも療治に来てくれるんですが、いつも顔を出す日に来ねえ。律義な人柄ですから、おかしいと悴が冬木町へ様子をみに行きました」

それが今朝のこと、

「近所で話をきいてびっくり仰天、すぐに御奉行所へ行ってみたんですが、埒はあきま

せん。それで、若先生におすがりしようと……」

傍にいたお吉がせき立てた。

「早く、畝の旦那にいって下さいよ。もし、間違って無実の罪でお仕置にでもなっちまったら、とり返しがつきません」

早く早くと追い立てられて、東吾が長助と文吾兵衛ともども、「かわせみ」の暖簾《のれん》を出ようとするところへ、畝源三郎がやって来た。

「弥三郎が御牢から出されたので、お知らせに来ました」

という。

「弥三郎の申し立てによりますと、蔵前界隈で不審火のあった一月十七日、同月二十九日、二月八日、九日は確かにその近くの商家へ呼ばれて療治に行って居るとのことで、各々の患家へ問い合せたところ、間違いないとわかりました」

一月十七日は猿屋町の今井屋と申す茶問屋の女隠居の療治で毎月七の日に行く約束だが、このところ主人の喜平が肩が凝るので、なるべく店の終ったあとに来てもらいたいといわれ、六ツ半（午後七時）に行き二人の療治をすませて夜食を御馳走になって帰りかけると、火事だ火事だというさわぎで、暫くは甚内橋の袂へ避難し、その後、冬木町へ帰った。

また、一月二十九日は天王町の清水屋という米問屋へ呼ばれていた。ここは毎月十五日と二十九日が約束で、店が終ってから主人夫婦の療治をするので、やはり六ツ半頃から一刻《いっとき》（二時間）少々はかかる。二十九日は主人が寄合に出かけていて帰って来るのが遅れたから四ツ半（午後十一時頃）にもなってしまい慌てて帰りかける途中で半鐘の音を聞き、ふりむくと天王町のほうに火の手が上っていた。で、もしや清水屋がとかけ戻って行ったが、幸いにして火の手はそこまでは来ず、結局、その晩は清水屋へ泊めてもらって翌朝、帰った。

「八日と九日は、どちらも福井町三丁目の岡田屋へ行って居りました。宵の口に療治を終えて帰る途中、人が立ちさわいでいるので聞いてみると近くに小火があったと……」

「それじゃ、弥三郎が療治に行った日に、たまたま近所に不審火があったってことだな」

「まあ、時刻からいって、患家の帰りに弥三郎が火つけをしたと考えられなくはありませんが、前後を判断すると、いささかの無理があるようです。また、弥三郎を召し捕った甚三も、弥三郎の姿を現場近くでみただけで、火つけをするところを見届けたわけではないと申しますので、小川どのが証拠不充分として、牢よりお出しになったそうです」

傍から文吾兵衛がせっかちに訊いた。

「それで、弥三郎は今、どこに居りましょうか」

「町役人が呼び出しを受けて、引き取りに来たようだが、その者から岡本家の娘の死んだのを知らされて仰天していたそうだ。おそらくは本所林町の岡本家へ向ったのではないかと思うが……」

文吾兵衛がたて続けにお辞儀をした。

「ありがとうございます。では、早速、本所へ参ります」

長助が腰を浮かした。

「なんなら、あっしが一緒に行きやしょう」

「助かります。有難てえ」

そそくさと二人が出て行って、東吾は源三郎へいった。

「蔵前の不審火の下手人は、ふり出しに戻ったわけだな」

火つけの犯人として挙げられた弥三郎が一応、疑いが晴れて牢から出された。

「とはいえ、弥三郎が下手人ではないという証拠もないわけだな」

源三郎が重くうなずいた。

「まあ、お上としては暫時《ざんじ》、様子をみるということでしょう」

「もしも、また、不審火があって、そこらに弥三郎がうろうろしていたとなるとどうだ」

「お上の心証は悪くなるでしょうな」

「浅草蔵前の、猿屋町から天王町、福井町に茅町か」

源三郎が東吾の目の中をのぞくようにした。

「東吾さんは蔵前の不審火と一ツ目弁財天の殺しを結んでお考えですか」

「両方に絡んでいる人間がいるだろう」

「弥三郎ですか」

「もう一人……」

二人の視線がぶつかった。

「源さん、鬼瓦の実家は鰻屋だと聞いたが……」

「それが、なにか」

「場所はどこだろう」

源三郎が外に待っている小者のところへ出て行った。戻って来た時は、目が輝いている。

「甚三の実家の鰻屋は、御蔵前片町代地の玉屋、稼業は甚三の弟の甚七が継いでいるそうです」

「御蔵前片町代地か」

「柳橋から大川沿いにまっすぐ御米蔵のほうへ行ったあたりです」

「近いんだな、猿屋町、天王町、福井町、茅町……」

「弥三郎に、誰かつけましょう」

うなずき合ったところへ賑やかに女の声が入って来た。

「とうたま、只今、帰りまちた」

花世を先頭に七重とるいがお供に買い物の包を持たせて、

「おやまあ、旦那様、お帰りでしたの。畝様もようこそ、只今、お茶をいれますから……」

いつもより化粧の濃いるいの視線を浴びて、

「いや、手前は御用がありますので……」

源三郎は早々に「かわせみ」をとび出して行った。

そして三日後、長助が「かわせみ」へ知らせに来た。

「弥三郎は今夜、平右衛門町の春木屋へまいります。主人の市兵衛と女房のお辰が療治を受けるんですが、やはり店が終って飯をすませてからというんで、六ツ半よりあとに行くことになりましょう」

「平右衛門町というと……」

「若先生のお見込み通りでさあ。御蔵前片町代地の玉屋とは路地をへだてたまん前で……」

「鬼瓦が動くかな」

「あっしは間違えねえと思ってます」

「源さんは……」

「小川の旦那と御相談の上、御出役なさるそうで……」

「俺は仲間はずれか」

「首尾は、あっしがお知らせに参ります」

威勢よく長助が帰って行き、東吾はつまらなさそうに炬燵に寝そべった。

いつものようにるいとさしむかいで夕餉がすむ。

やがて、仕事を終えたお吉と嘉助が居間へ来た。

「若先生のおっしゃる通りになりますかね」

どきどきしているようなお吉をみて、東吾が笑った。

「俺は易者じゃねえからな」

「どうして鬼甚って人が、火つけをしたんでしょう。仮にもお上の御用を承る人なのに」

るいはどうしても合点が行かないらしい。

「鬼瓦は腹が立って仕方がねえんだと思うよ」

いささか気の毒といった口調で東吾が話し出した。

「身から出た錆《さび》とはいいながら、勘当されて店は弟のものになった。小川の旦那の口きで岡っ引のはしくれになったものの、地元の人間は鬼瓦の今までを知っているから一向におそれ入らねえ。岡っ引だ、親分だと当人がわめいても、町の連中は腹の中で、あの出来そこないがと嘲《わら》笑っている。鬼瓦は忌々《いまいま》しくってたまらねえさ」

「それで放火したんですか」

「自分を馬鹿にしている近所への仕返しさ。だが、あいつもお上のお手先をつとめていて少々の智恵がついた。腹立ちまぎれの火つけはいいが、自分がやったとわかったら、当人が火あぶりの刑だろう。そこで……」

「弥三郎さんを下手人に仕立てたってわけなんですか」

と、るい。

「岡っ引をやっていりゃあ、町内を廻っていろいろ訊くことが出来る。目をつけたのは、蔵前界隈に得意を持つ鍼師の弥三郎だ。あいつの廻る家を調べれば、当人がいつ、何刻ぐらいに来て帰るかは、すぐわかるだろう」

弥三郎を火つけの下手人として自分で召し捕っておいて、わざわざ自分の早とちりかも知れないと申し出て、弥三郎を牢から出させたのが、鬼瓦の食えない所だ、と東吾はいった。

「今度、玉屋が燃えて、近くに弥三郎がいりゃあ、お上の疑いも濃くなる。おそらく、鬼瓦は今度こそ、弥三郎が火をつけるのを見たというつもりだろう」

忌々しい弟の店は燃え、下手人は弥三郎で一件落着となる。

「そんなことをしても、自分はなんの得にもならないでしょうに……」

「火つけは憂さばらしさ。気に入らない世の中への八ツ当りだ」

「冗談じゃありませんよ。自分の悪いの棚に上げて……」

「ですが……」

と口を入れたのは嘉助で、

「一ツ目弁天でおみちさんを殺したのはどういうわけで……」

「わけもへちまもないのさ」

岡本家で彦右衛門から、弥三郎のことで甚三がやって来たと聞いた時、ぴんと来たと東吾はいった。

「おそらく弥三郎は自分が無実の罪で捕えられたことを、おみちに知らせたいと思ったんだろう。鬼とも知らず、甚三に頼んだ。甚三は弥三郎の相手が名主の娘と聞いて、ひょっとすると金蔓《かねづる》になるかと岡本家へ行った。そこで娘の器量をみて悪心を起した」

「おみちさんを一ッ目弁天へ呼び出したんですか」

「おみちは、昼間、弁天様へ願かけに通っていた。そこを待ち受けていて、昼間じゃ具合が悪いから、夜、何刻にここへ来てくれ、弥三郎の文を渡すとでもいったんだろうよ」

目的はおみちを手ごめにすることで、そのあげく始末に困って殺害した。

「悪い奴……」

るいが唇を嚙み、ついでのように訊いた。

「長助親分は、あなたがあんまり甚三のことを悪く思っていなさらないようだといってましたけど、どうして甚三に目星をおつけになったんですか」

東吾が湯吞を手に取った。

「鬼瓦の奴、あんまりお喋りだったからさ。俺は男の愛想のよすぎるのは信用しないんだ」

夜が更けていた。

嘉助がそっと立って行く。

とんとんと戸を叩く音が聞えた。

「長助親分ですよ」

るいとお吉が腰を浮かせるのを、東吾が手で制した。

「今、嘉助が戻って来るよ」

帳場のほうで戸の閉まる音がして、嘉助が姿をみせた。

「なにもかも、若先生のお見込み通りだったそうでございますよ」

嬉しそうにつけ加えた。

「火つけの現場から甚三がお召捕りになったそうです。明日、畝の旦那が御報告に来られるとのことで……」

東吾が正直にほっとした顔をし、立ち上りかけたお吉が思いついたように訊いた。

「若先生は、男の愛想のよすぎるのは信用出来ないとおっしゃいましたけど、女のお喋りで愛想のよすぎるのは、どうなんですか」

絶句した東吾の代りに、るいが答えた。

「そんなこと、聞かなくたってわかってるじゃありませんか。うちの旦那様はお喋りで愛想のよすぎる女にとり巻かれて御機嫌なんですもの」

お吉が安心したように部屋を出て行き、東吾は大きなくしゃみをした。

外に火の要心の拍子木の音が聞えている。

本書は一九九七年十月に刊行された文春文庫「かくれんぼ　御宿かわせみ19」の新装版です。

文春文庫

かくれんぼ　御宿《おんやど》かわせみ19

定価はカバーに
表示してあります

2006年2月10日　新装版第1刷

著　者　平《ひら》岩《いわ》弓《ゆみ》枝《え》

発行者　庄野音比古

発行所　株式会社　文藝春秋

東京都千代田区紀尾井町 3-23　〒102-8008
TEL 03・3265・1211
文藝春秋ホームページ　http://www.bunshun.co.jp
文春ウェブ文庫　http://www.bunshunplaza.com

落丁、乱丁本は、お手数ですが小社製作部宛お送り下さい。送料小社負担でお取替致します。

印刷・凸版印刷　製本・加藤製本

Printed in Japan
ISBN4-16-771002-1